Cueillir la vie

Kerry Allyne

W0384985

ÉDITIONS HARLEQUIN

Cet ouvrage a été publié en langue anglaise sous le titre :

VALLEY OF LAGOONS

La loi du 11 mars 1957 n'autorisant aux termes des alinéas 2 et 3 de l'article 41, d'une part, que les copies ou reproductions strictement réservées à l'usage privé du copiste et non destinées à une utilisation collective, et, d'autre part, que les analyses et les courtes citations dans une but d'exemple et d'illustration, toute représentation ou reproduction intégrale ou partielle faite sans le consentement de l'auteur, ou de ses ayants droit ou ayants cause, est illicite (alinéa 1er de l'article 40).

Cette représentation ou reproduction, par quelque procédé que ce soit, constituerait donc une contrefaçon sanctionnée par les articles 425 et suivants du code pénal.

© 1982, Kerry Allyne
© 1983, Traduction française, Harlequin S.A.
48, avenue Victor-Hugo, Paris XVIe. Tél. 500-65-00
ISBN 2-280-00079-2
ISSN 0182-3531

Harlequin, "tout un monde d'évasion"

Le printemps est là, le soleil aussi.
Et déjà, vous rêvez à vos vacances...

En attendant ces heures bénies
de détente et de joie,
laissez-vous emporter vers des cieux
toujours bleus, des mers d'émeraude,
des plages infinies, où vous connaîtrez
la folle, tendre, merveilleuse
aventure de l'amour.

Avec Harlequin, partez en vacances le temps d'un roman.

1

— Ma chérie, devine un peu ! J'ai voulu t'appeler tout de suite pour te mettre au courant !

La voix joyeuse de Thérèse Weldon parvenait à sa fille Gaëlle par l'entremise du téléphone.

— Tu as obtenu des propriétaires l'autorisation d'organiser des visites ?

Sa mère lui avait parlé de ce projet, lors de son précédent coup de fil : elle s'était rendue dans le Territoire du Nord pour assister à une conférence de directeurs d'agences touristiques.

Le Haut, comme on appelait généralement les régions septentrionales du continent australien, commençait à connaître un « boom » dans ce domaine ; certes, l'agence de Thérèse Weldon se trouvait à quelque deux mille cinq cents kilomètres mais, si elle avait acquis une telle prospérité, c'était en grande partie grâce à l'imagination de sa directrice. Thérèse semblait savoir d'instinct ce qui pouvait plaire aux touristes.

Néanmoins, en cette occasion, il ne devait pas être question d'affaires : il y eut un long silence, et, quand Thérèse répondit enfin, ce fut d'un ton un peu surpris :

— Oh !... Non, ça n'a rien à voir. Enfin, le rapport est lointain, corrigea-t-elle aussitôt dans un éclat de rire. Non, c'est bien plus extraordinaire, et tu ne devineras jamais.

Les sourcils délicatement arqués de Gaëlle se froncèrent légèrement. Depuis dix-sept ans — depuis le jour où son père les avait cruellement abandonnées — rien, pour sa mère, n'avait compté davantage que sa fille et le succès de l'agence. Son intérêt s'éveillait.

— Alors, tu ferais peut-être mieux de me le dire tout de suite, suggéra-t-elle.

Thérèse émit un nouveau rire ravi.

— J'ai fait la connaissance d'un homme magnifique et je vais me remarier !

— *Quoi ?*

Gaëlle se redressa sur son fauteuil et jeta un coup d'œil horrifié vers l'autre occupant de la pièce, l'assistant de sa mère, Alex Carson. Le regard de celui-ci la questionnait. Une main sur le micro, elle articula :

— Maman m'annonce qu'elle va se remarier !

Les yeux d'Alex s'élargirent, et il abandonna à son tour son attitude détendue.

— Il s'appelle Laurent Montgomery et il possède une station d'élevage au sud de Darwin, poursuivait Thérèse. En fait, Claire Oliver — une autre directrice d'agence et une amie de Laurent — m'a amenée chez lui pour me montrer le genre d'activités qui pourraient intéresser nos visiteurs... Voilà pourquoi je te parlais d'un rapport lointain avec les affaires.

— Mais... mais tu ne peux pas penser sérieusement au mariage, balbutia Gaëlle, qui essayait encore de rassembler ses esprits. Tu le connais depuis combien de temps ? Trois... quatre jours ? Ce serait ridicule de décider si vite d'épouser quelqu'un. Et... et, de toute façon, tu as toujours juré de ne plus te laisser prendre !

— Oui, je sais, ma chérie, mais Laurent n'a rien de commun avec Evan. On ne pourrait jamais le qualifier d'instable ou d'irresponsable.

— C'est un homme, non ?

Après la désertion de son père, la jeune fille n'avait pas une opinion particulièrement favorable de la gent masculine.

Thérèse continua comme s'il n'y avait pas eu d'interruption.

— En réalité, je l'ai rencontré il y a près de deux semaines, mais tu me connais : je prends toujours très vite mes décisions.

Gaëlle perçut à l'arrière-plan une voix masculine amusée. Sa mère revint en ligne.

— Ma chérie, je suis désolée. Laurent me dit que je ne te laisse pas l'occasion de parler. Je suis presque tout le temps sur l'émetteur et j'oublie sans cesse de passer sur le récepteur. Tu comprends, je me sers d'un radiotéléphone et je ne suis pas encore très experte. As-tu essayé de me parler ?

— Une fois ou deux, mais c'est sans importance. En parlant de décisions rapides, Laurent, semble-t-il, fit la jeune fille avec une inflexion caustique, est comme toi, s'il t'a déjà demandé ta main ?

— Oui, ça m'en a tout l'air.

Sans voir le sourire de sa mère, Gaëlle l'entendait dans sa voix. Elle reprit longuement son souffle.

— Et savait-il déjà que tu n'étais pas absolument dans la misère ?

Il y eut un instant de silence complet. Thérèse demanda enfin, d'un ton un peu pincé :

— Selon toi, c'est la seule raison pour laquelle un homme pourrait s'intéresser à moi ?

— Mais non, bien sûr ! protesta Gaëlle, épouvantée.

Personne mieux qu'elle ne savait à quel point sa mère, à quarante-deux ans, était encore attirante.

— Je voulais simplement dire...

— A ton avis, coupa Thérèse, je devrais m'interroger sur les mobiles de Laurent ?

— Ce ne serait certainement pas déraisonnable, puisque tu le connais depuis si peu de temps. Voyons, que sait-on de quelqu'un, au bout d'une semaine ou deux ? Quand tu as épousé mon père, tu ne le connaissais pas depuis longtemps, lui non plus, et regarde où ça t'a menée.

— Tu pourrais au moins me faire confiance : en vieillissant, je suis devenue plus astucieuse. Je pensais que tu serais heureuse pour moi, ajouta-t-elle en soupirant.

Gaëlle haussa les épaules mais, quand Alex voulut la débarrasser du combiné, elle l'écarta d'un geste péremptoire. Il ajouterait plus tard ses arguments aux siens.

— Je serais sans doute heureuse pour toi si je n'avais pas une telle peur de te voir commettre une erreur. Franchement, tu ne peux pas être absolument sûre de ses mobiles !

— Crois-tu ? dit ironiquement sa mère. Je ne suis pas une gamine impressionnable amoureuse de l'amour, tu sais, Gaëlle. Je possède encore toutes mes facultés mentales et, même si ma décision te paraît un peu précipitée, je ne l'ai pas prise à la légère, je te le garantis.

Un peu précipitée ? Si le problème n'avait pas été aussi grave, la jeune fille aurait éclaté de rire.

— Mais, reprit-elle, depuis ton divorce, tu as toujours juré tes grands dieux que rien ni personne ne te ramènerait devant le maire ! En quoi cet homme est-il si différent de tous ceux qui t'ont déjà demandée en mariage ?

Elle en avait connu au moins trois.

— Eh bien, pour commencer, je suis amoureuse de Laurent.

— Tu avais cru l'être de mon père, intervint vivement Gaëlle.

Mais sa mère transmettait toujours.

— Ensuite, dès le premier moment, nous nous sommes trouvés en harmonie d'une manière incroyable.

— Autrement dit, c'est un beau parleur, en plus de tout le reste, c'est ça ?

— Non, ce n'est pas vrai ! protesta la voix de sa mère, nettement plus froide. Et si tu es uniquement capable de remarques désobligeantes...

Pour la seconde fois, la jeune fille perçut le son d'une autre voix.

— Laurent, déclara Thérèse, me fait une suggestion : viens passer quelques jours ici ; tu rencontreras la famille et tu pourras te tranquilliser. Etant donné les circonstances, je trouve ça particulièrement obligeant, pas toi ?

Sans répondre directement, la jeune fille questionna :

— Il a entendu toutes mes paroles ?

C'était peut-être aussi bien, se disait-elle, tout en regrettant d'avoir sans doute causé à sa mère un certain embarras. Du moins Laurent Montgomery saurait-il qu'elle ne se laisserait pas gagner aussi facilement que Thérèse.

— Pas exactement. Mes réponses seulement. Mais elles ont suffi à lui faire saisir l'essentiel de la conversation.

La référence à une famille revint soudain à l'esprit de Gaëlle.

— Il est veuf ? Il a une nombreuse famille ? demanda-t-elle innocemment.

— Il n'est pas à la recherche d'une belle-mère pour ses enfants, ma chérie, si c'est ce que tu insinues maintenant. Il en a deux, c'est tout, plus âgés que toi. Alors, veux-tu, oui ou non, accepter son offre et venir ?

Evidemment ! Une fois sur place, elle pourrait à la fois se faire une opinion plus précise de cet homme et dissuader sa mère de contracter une union aussi imprudente.

— Oh, oui, je vais venir, répondit-elle avec conviction. Je prendrai l'avion pour Darwin après-demain. De là, comment dois-je m'y prendre pour te retrouver ?

Après un bref silence, Thérèse revint en ligne.

— Laurent enverra quelqu'un à ta rencontre à l'aéroport. Ce sera plus facile pour toi : tu n'auras pas à chercher un moyen de transport pour Mundamunda.

— C'est le nom de la propriété ou de la ville la plus proche ?

— Celui de la propriété, il n'y a pas de ville. Pas de ville très proche, du moins.

— Je vois.

L'Intérieur ne l'avait jamais attirée ; elle préférait les commodités de la ville. Mais, dans le cas présent, elle n'avait pas le choix.

— Alors, je te verrai sans doute après-demain.

Du coin de l'œil, la jeune fille perçut un mouvement.

— Oh, ajouta-t-elle précipitamment, ne raccroche pas : Alex aimerait te dire un mot, lui aussi.

— Mmm, j'imagine ! Non, pour ce soir, je vais me refuser ce plaisir. Dis-lui de m'appeler à ce numéro...

Elle le dicta à Gaëlle.

— ... Demain matin, ajouta-t-elle. J'ai quelques notes à lui transmettre, de toute manière, mais je ne les ai pas sous la main pour l'instant.

— Très bien, je le lui dis.

— Et je serai contente de te revoir, ma chérie. Tu vas être agréablement surprise, tu sais.

La jeune fille en doutait sérieusement. Les adieux échangés, le combiné raccroché, elle se tourna vers l'assistant de sa mère.

— Je n'arrive pas à y croire ! s'écria-t-elle en passant les doigts dans ses cheveux auburn. Maman agit toujours sous l'impulsion du moment, je le sais, mais ça... c'est absolument ridicule ! Penser au mariage, quand elle le connaît depuis un peu plus d'une semaine... c'est incroyable ! La chaleur a dû lui tourner la tête.

— Ou bien quelqu'un s'en est chargé, intervint Alex.

Son mince visage s'était crispé. A vingt-neuf ans, il travaillait depuis six ans pour l'agence Weldon. Son poste d'assistant de Thérèse l'avait souvent impliqué dans des affaires de famille, et il n'avait aucun scrupule à aborder maintenant le sujet du mariage projeté par son employeur. Il ajouta d'un ton critique :

— Vous auriez dû me laisser lui parler. Elle aurait probablement prêté plus d'attention à mes arguments.

— Je ne vois pas pourquoi, riposta Gaëlle, vexée.

Alex se croyait toujours plus fort que tout le monde.

— D'ailleurs, j'ai essayé de vous la passer, mais elle vous demande de l'appeler à ce numéro demain matin.

Elle lui tendit un papier.

— Vous jugerez alors jusqu'à quel point vos arguments sont convaincants.

Il jeta un coup d'œil au papier avant de le glisser dans son portefeuille.

— Et vous, vous avez l'intention de vous rendre là-bas après-demain, si j'ai bien compris ?

— Evidemment ! Dieu seul sait comment il s'y est pris pour séduire maman, mais il aura plus de mal avec moi.

— Je vous accompagne !

Les yeux gris-vert s'agrandirent de surprise.

— Où ça ? A Mundamunda ? Mais c'est impossible. Quelqu'un doit rester à l'agence, surtout en l'absence de Cliff.

— Bon sang ! J'avais oublié son congé de maladie… Mais il ne devrait pas tarder à revenir, n'est-ce pas ?

— Avec ces drôles de virus, qui peut savoir ? Certains vous tiennent au lit durant des semaines.

Connaissant maintenant les intentions d'Alex, elle ne tenait pas à voir Cliff reprendre trop vite son poste. Ces derniers temps, l'assistant affichait avec elle une attitude de propriétaire qui ne lui plaisait guère. Partout où elle allait, Alex trouvait de bonnes raisons pour s'y rendre, lui aussi. Ce soir-là, par exemple. Ils avaient travaillé tard, et il avait absolument tenu à la raccompagner chez elle, sans tenir compte de ses protestations.

— De toute façon, nous n'aurions pas eu besoin d'aller là-bas ensemble, même si nous avions été conviés *tous les deux*, précisa-t-elle. Il n'est pas question d'une épreuve de force mais du pouvoir de la raison.

— C'est possible, convint-il à regret. Néanmoins, je n'ai pas besoin d'une invitation pour me rendre dans la région. Je pourrais toujours prendre une chambre dans la ville la plus proche.

— Apparemment, il n'y en a pas. Et vous auriez horreur de végéter au beau milieu de nulle part, vous le savez bien.

Alex était un citadin invétéré, plus qu'elle encore !

Il eut une moue dégoûtée.
— Alors, je n'ai pas le choix, je suppose. Je devrai attendre le retour de Thérèse à Adélaïde. Combien de temps compte-t-elle rester encore? Elle vous l'a dit?
— Non, justement, dit Gaëlle en secouant la tête d'un air déçu. Mais vous pouvez en être sûr, je ferai de mon mieux pour qu'elle abrège son séjour. Plus vite elle échappera à l'influence de cet homme, et mieux ça vaudra, à mon avis!
— Hum... En attendant, ça ne pourrait pas faire de mal si j'essayais de me renseigner sur lui.
— Bonne idée.
Il semblait se résigner à ne pas l'accompagner, et elle était disposée à se montrer un peu plus accommodante.
— Il s'appelle Laurent Montgomery, et son domaine, c'est Mundamunda. Vous avez le numéro de téléphone. Si vous découvriez quelque chose, vous pourriez m'appeler.
— Je n'y manquerai certainement pas.
Il se leva et, une lueur possessive au fond des yeux, détailla la mince silhouette. Il allait, se dit Gaëlle, faire une nouvelle tentative pour monopoliser le reste de la soirée. Elle bondit sur ses pieds.
— Vous partez? Je vous accompagne jusqu'à la porte.
Mais il ne se laissait pas aussi facilement décourager. Il déclara :
— Comme nous n'avons encore mangé ni l'un ni l'autre, j'allais vous suggérer de venir dîner avec moi au restaurant.
Avec un autre, la jeune fille se serait contenté de refuser catégoriquement, mais, avec Alex, les circonstances étaient un peu différentes. Elle devait travailler chaque jour avec lui à l'agence ; de ce fait, il lui fallait se montrer un peu plus nuancée dans ses refus. Non sans agacement, elle le soupçonnait d'en profiter.
Elle secoua la tête, accompagnant son geste d'un sourire d'excuse.
— Merci d'y avoir pensé, mais pas ce soir, Alex.

Avec cette histoire de maman, je ne serais pas une compagnie bien agréable. Par ailleurs, si je dois partir pour Darwin, je ferais bien de chercher des vêtements d'été.

Elle montra son tailleur de lainage, accompagné d'un chemisier de soie.

— Ce genre de tenue ne me paraît pas indiqué pour le printemps sous les tropiques.

— Vous devrez bien dîner, insista-t-il.

— Je vais me préparer quelque chose de léger. Une omelette, par exemple.

— Ce n'est pas ce que j'appelle un repas substantiel.

— C'est suffisant.

— Si je restais pour vous aider, nous pourrions peut-être confectionner un repas plus élaboré, proposa-t-il, sans vouloir prendre garde à son ton de plus en plus bref.

Gaëlle se redressa de toute sa petite taille.

— Je ne veux rien d'autre, merci, Alex !

Elle fit vers la porte deux pas décidés.

— Et maintenant, je suis désolée mais je vais vous demander de m'excuser. J'ai beaucoup à faire, ce soir.

Il pinça les lèvres avec colère.

— Alors, nous remettrons ça à demain, décida-t-il. Je réserverai une table pour deux dans un nouveau petit restaurant. Ça vous plaira.

— Je n'en doute pas, répliqua-t-elle avec une nuance de sarcasme. Mais j'ai d'autres projets pour demain soir.

Le soupçon plissa les paupières du jeune homme.

— Vous sortez avec un homme ?

— Vous vous oubliez, Alex ! Ce sont mes affaires, pas les vôtres !

Un muscle tressaillit convulsivement à l'angle de la mâchoire d'Alex.

— Pardon, murmura-t-il d'un ton contraint, sans la moindre note de remords. Je pensais simplement faire usage de la soirée pour mettre au point ce que vous devrez dire à Thérèse quand vous la verrez.

— Vraiment ? Vous ne me croyez pas capable d'en décider moi-même ?

— Je pensais vous rendre service en vous offrant mon aide.

— Vous aviez raison, lui accorda-t-elle. Mais nous parlons de *ma* mère, et je la connais tout de même mieux que vous.

— Je ne suis pas d'accord, répliqua-t-il aussitôt. Quand on travaille depuis longtemps avec une personne, comme moi avec Thérèse, on finit par bien la connaître. A mon avis, la logique aura plus d'effet sur elle que toutes les instances sentimentales.

Un sourire espiègle retroussa les lèvres de la jeune fille.

— Et où prenez-vous que j'aie l'intention de recourir à... des instances sentimentales, comme vous dites ?

— Vous ne pourrez pas vous en empêcher, prédit-il de son ton le plus protecteur. C'est toujours comme ça, avec les femmes, en période de crise.

— Eh bien, ce n'est pas mon cas, croyez-moi.

Surtout en ce qui concernait les hommes et le mariage, ajouta-t-elle pour elle-même. Sa mère impulsive avait pu baisser sa garde et laisser son cœur gouverner temporairement sa tête, mais Gaëlle n'avait jamais connu de difficultés dans ses relations avec le sexe opposé et elle n'allait pas laisser ses sentiments prendre le dessus quand le résultat était d'une telle importance. Laurent Montgomery pourrait toujours exercer tout son charme !

— Je peux me montrer aussi calme, aussi calculatrice que n'importe quel homme quand les circonstances l'exigent, ajouta-t-elle catégoriquement pour dissiper le dernier doute dans l'esprit d'Alex.

— Espérons-le, pour vous comme pour moi !

— Pour vous comme pour moi ? répéta-t-elle en fronçant les sourcils.

Pourquoi Alex était-il à ce point consterné à la perspective d'un remariage de sa mère ? Après tout, l'affaire ne le concernait pas personnellement, comme elle.

— Si ce mariage se fait, vous ne serez pas seule à en être affectée, vous savez, expliqua-t-il. Depuis un certain temps, j'ai plus ou moins l'accord verbal de Thérèse : si elle décide un jour de vendre l'agence, elle me donnera la première option.

La jeune fille ne fut pas autrement surprise. Elle avait toujours connu son désir de s'établir à son compte. Mais elle ne voyait toujours pas en quoi le tour actuel des événements pouvait l'inquiéter.

— Et alors ? dit-elle.

— Pour le moment, je n'aurais pas le moindre espoir de me procurer l'argent nécessaire.

— A mon avis, maman ne vendrait pas avant que vous ayez cette possibilité, affirma-t-elle.

Il ne parut pas très convaincu.

— Elle, non, peut-être. Mais son nouveau mari ? Il pourrait avoir des idées toutes différentes. Autre chose : si l'agence était vendue, nos emplois — même le vôtre — dépendraient de la bonne volonté du nouveau propriétaire. Y avez-vous songé ?

Non, l'idée ne lui était pas venue.

— Mais, même si maman l'épousait, l'agence lui appartiendrait encore. Il ne pourrait pas la forcer à vendre si elle n'en avait pas envie, et je suis sûre...

— Oh, Gaëlle, ne soyez pas naïve. Elle s'est entichée de lui au point de parler déjà de mariage. Qui sait ce qu'il pourra la persuader de faire, si jamais ils vont jusqu'à la mairie !

Elle n'avait pas envisagé cette perspective ; elle s'était placée jusqu'alors sur un plan purement personnel. A présent, elle avait une raison de plus pour tenter de raisonner l'impulsivité de sa mère.

2

Gaëlle débarqua à Darwin au beau milieu de l'après-midi. A peine avait-elle quitté l'avion pour se rendre dans l'aérogare qu'elle se débarrassa du gilet de laine passé sur sa jupe de toile et son chemisier à manches longues. Dans la capitale du nord, la température était au moins double de celle d'Adélaïde, et elle attendait déjà avec impatience la fin de son voyage — fût-ce seulement pour pouvoir adopter une tenue plus légère.

Dans le bâtiment de dimensions assez modestes, elle trouva l'agitation habituelle à la plupart des aéroports. On accueillait des voyageurs, on disait adieu à d'autres. Certains faisaient des achats de dernière minute ; d'autres cherchaient un porteur, le guidaient vers leurs bagages. Au-dessus des têtes, les haut-parleurs annonçaient les vols, appelaient les retardataires, informaient telle ou telle personne qu'elle était demandée au téléphone ou au bureau des renseignements.

Gaëlle s'attendait à entendre prononcer son nom d'un instant à l'autre. Mais les minutes s'écoulaient, l'agitation s'apaisait, et la vérité se fit jour en elle : la personne envoyée pour l'accueillir avait été retenue quelque part ou ne s'était pas donné la peine d'arriver à l'heure. Elle regardait autour d'elle avec une impatience croissante. Après un long vol et avec la perspective d'un autre trajet pour atteindre sa destination, elle n'avait pas imaginé qu'on la laisserait piétiner dans cette chaleur inaccoutumée.

Dans l'espoir de gagner du temps par la suite, elle alla chercher sa valise, l'emporta jusqu'au bureau des renseignements, s'assit et alluma une cigarette. En même temps, elle dévisageait les gens qui restaient dans l'aérogare. Quelques-uns étaient apparemment seuls, comme elle, mais la plupart étaient par groupes de deux ou trois : il s'agissait sans doute de passagers pour les nombreux petits appareils encore stationnés sur des pistes proches.

Soudain, les portes de verre qui donnaient accès au terrain s'ouvrirent toutes grandes sous la poussée d'un homme de haute taille aux larges épaules, vêtu d'un jean étroit et d'une chemise à carreaux. Après un coup d'œil circulaire, il fixa son attention sur trois hommes en treillis qui se trouvaient non loin de lui.

Il s'agissait, avait déjà décidé Gaëlle, de trois herbagers. Mais la position du quatrième, qui avait rejoint le petit groupe, était plus difficile à définir. Certes, il dégageait une certaine autorité, mais c'était peut-être simplement dû à sa taille plus élevée, à sa silhouette plus musclée ; il était aussi le plus jeune. Il devait avoir à peine plus de la trentaine ; ses compagnons atteignaient ou dépassaient la cinquantaine. Sans doute s'agissait-il d'un employé quelconque. Elle détacha son regard de lui. Un instant après, un éclat de rire homérique ramena ses yeux vers le groupe.

Une jeune fille, qui pouvait avoir dix-huit ans, s'était jointe aux hommes et retenait la souriante attention du plus grand. Gaëlle détailla les cheveux sombres aux boucles serrées, le visage séduisant malgré ses traits irréguliers, et sentit monter en elle une vague d'antipathie inexplicable.

D'après la description de sa mère, Evan Weldon, son père, avait ressemblé à cet homme. Attirant, il acceptait comme son dû l'admiration des femmes... et, par voie de conséquence, il était totalement égoïste et irresponsable. Gaëlle eut une moue de dégoût. Juste ciel, cette fille ne se rendait donc pas compte qu'elle se donnait en spectacle en le regardant avec une telle adoration quand, de toute évidence, il n'avait pas pour elle les mêmes sentiments ?

Elle détourna vivement les yeux, écrasa sa cigarette d'un geste impatient et se permit un petit sourire de satisfaction. Du moins ne se laisserait-elle jamais prendre au charme de ce type d'homme. En fait, elle avait toujours eu plaisir, au contraire, à dégonfler leur insupportable vanité quand elle en trouvait l'occasion. Une telle attitude, lui avait souvent prédit sa mère, finirait par lui jouer un mauvais tour.

— Gaëlle Weldon ?

La voix un peu brève l'arracha à sa rêverie. Elle sursauta. Mais ce n'était rien, comparé à sa surprise quand elle leva les yeux : l'homme debout devant elle était celui qui avait fait l'objet de ses réflexions désobligeantes.

— O..oui, balbutia-t-elle.

Elle était furieuse contre elle-même ; d'abord pour se montrer aussi désemparée, ensuite parce que les yeux de l'homme étaient d'un bleu profond, et elle s'était attendue à les trouver bruns, à cause de la couleur de ses cheveux.

Il souleva d'une main sa lourde valise et fit un pas dans la direction d'où il était venu.

— Nous y allons ? demanda-t-il.

Elle se leva sans comprendre.

— Aller où ? Et... et qui êtes-vous exactement ?

— Je m'appelle Francis, dit-il du même ton bref, mais avec une nuance d'impatience. Et, naturellement, nous allons à Mundamunda.

Il arqua un sourcil noir, ouvertement sarcastique.

— Auriez-vous changé d'avis ?

Elle dédaigna la question mais souffla avec colère :

— C'est vous, la personne qui devait m'accueillir à mon arrivée ?

— C'est ce que j'ai fait, non ?

— Mais seulement quand vous en avez trouvé le temps, semble-t-il ! explosa-t-elle. Vous êtes ici depuis une bonne demi-heure ?

— Et alors ?

Elle avait peine à en croire ses oreilles.

— Alors, vous auriez pu avoir la délicatesse de me faire savoir aussitôt qui vous étiez, au lieu de me laisser attendre dans cette chaleur, à me demander si l'on allait, en fin de compte, venir me chercher. Pendant ce temps, vous bavardiez avec les uns et les autres ! A mon avis, votre employeur n'avait pas envisagé un tel comportement, monsieur Francis !

Une flamme brilla un instant dans les yeux bleu sombre, mais l'homme finit par hausser nonchalamment ses larges épaules.

— Je ne suis pas *monsieur* Francis. Francis tout court.

Et il se remit en marche.

La jeune fille n'avait pas le choix : elle dut bien le suivre. Sa colère et la confusion de ses pensées n'étaient en rien apaisées.

— Mais nous allons dans la mauvaise direction, non ? La route est par ici.

Sa main désignait, derrière eux, la façade du bâtiment.

— Nous ne laissons pas les avions décoller d'une route, fit-il d'un ton moqueur.

— Nous allons par avion jusqu'à Mundamunda ? demanda-t-elle sans pouvoir dissimuler sa surprise.

Devant son regard méprisant, elle se sentit réduite aux dimensions d'une petite fille stupide.

— Comment pensiez-vous vous y rendre ? A pied ?

— Non, en voiture, naturellement ! Il existe des routes, je crois, même dans des endroits comme Mundamunda.

— Quand on abandonne l'autoroute, ce ne sont pas les chaussées auxquelles vous êtes habituée, et vous ne les apprécieriez pas.

Ils franchirent les portes de verre et se dirigèrent vers la piste où attendaient les appareils légers. Sous le soleil aveuglant, Gaëlle fouilla dans son sac pour y trouver ses lunettes noires et, avec soulagement, les ajusta sur son nez bien modelé. Elle regarda autour d'elle.

— Où est donc le pilote ? demanda-t-elle finalement.

Il posa une fois de plus sur elle ce regard ironique qui la faisait bouillir de rage.

— Combien vous en faut-il ?

Elle mit quelques secondes à comprendre.

— Vous, vous êtes un pilote qualifié ?

— Non, pas qualifié du tout, répondit-il.

La colère de Gaëlle était sur le point de déborder.

— Comment voulez-vous que je sache si vous avez votre brevet ? riposta-t-elle avec indignation. Vous paraissez profondément mécontent d'avoir été envoyé à ma rencontre, mais je vous conseille vivement de ne plus passer votre mauvaise humeur sur moi ; sinon, je me verrai forcée, dès notre arrivée, de dénoncer votre comportement à votre employeur.

Voilà ! Elle lui avait mis les points sur les i.

Il s'arrêta devant un Piper à six places, en ouvrit la porte, jeta la valise à l'intérieur. La menace de la jeune fille semblait n'avoir aucune effet sur lui.

— Montez, se contenta-t-il de lui ordonner.

Elle s'exécuta, abaissa son regard sur lui.

— Je parlais sérieusement, précisa-t-elle fermement.

— Je tremble dans mes bottes, répliqua-t-il.

Et il claqua la porte.

Pendant qu'il examinait l'appareil, Gaëlle fut bien obligée de tenir sa langue. Mais, quand il s'installa aux commandes, elle ne put contrôler plus longtemps son exaspération.

— Vous êtes peut-être très sûr de vous pour le moment, monsieur... euh... Francis, mais, à votre place, je ne laisserais pas cette assurance me monter à la tête. Je ne fais jamais de menaces en l'air, croyez-moi !

— Moi non plus, petite mégère. Alors, ne me poussez pas à bout si vous ne voulez pas être menacée à votre tour !

Elle lut dans ses yeux une animosité qui lui coupa le souffle.

— Je vous suggère maintenant, continua-t-il, de vous taire et de me laisser faire le nécessaire pour décoller !

Il lança un moteur, puis l'autre, et se mit à converser avec la tour de contrôle.

Gaëlle était trop abasourdie pour dire un mot, même si elle l'avait voulu. Pour qui diable se prenait cet homme qui la traitait de mégère ? C'était lui qui était en faute ! S'il avait fait un effort pour être ponctuel, au lieu de perdre son temps à bavarder — et à se faire admirer par cette petite blonde —, rien ne serait arrivé. Bien que... Dès le début, son attitude n'avait pas précisément été de celles qui attirent la sympathie. Etait-ce sa faute à elle, si on lui avait confié une mission qui lui déplaisait ? Pourtant, cela n'expliquait pas entièrement le regard incroyablement hostile dont il venait de la gratifier. Oui, bien sûr, elle l'avait menacé de le dénoncer à son patron mais elle ne parvenait pas à croire que cette menace avait suffi à déclencher une réaction aussi forte.

L'avion roulait maintenant vers la piste. Elle en profita pour jeter à la dérobée un coup d'œil à son compagnon, à l'abri de ses lunettes noires. Non, décida-t-elle enfin sur un long soupir ; son antipathie avait certainement une autre raison.

Ils prirent très vite leur essor, et Darwin s'évanouit rapidement derrière eux. Elle se mit alors en devoir d'obtenir les réponses à certaines questions, tout en maîtrisant de son mieux sa contrariété.

— Comment saviez-vous qui j'étais, quand vous m'avez adressé la parole à l'aérogare ? demanda-t-elle.

Elle reçut d'abord pour toute réponse un regard bleu glacial. Il finit par hausser les épaules.

— On m'avait dit de chercher une fille rousse. Vous étiez la seule.

— Et vous m'avez fait attendre volontairement, n'est-ce pas ?

Cette fois, il ne tourna même pas la tête.

— Pourquoi ? insista-t-elle.

— Vous voulez vraiment le savoir ?

— O... oui.

— Vous n'en avez pas l'air bien sûre.

— Je le suis pourtant !

Il avait vraiment le don de l'exaspérer. Cette fois encore, elle réprima sa colère.

— Ce n'était pas, par hasard, votre employeur qui...

— Mettons d'abord une chose au point, coupa-t-il avec impatience. Je ne sais pas où vous avez pris cette idée, mais je n'ai pas d'employeur !

Derrière les verres sombres de ses lunettes, les paupières de la jeune fille battirent ; elle rougit au souvenir de ses menaces.

— Mais alors, q... que venez-vous faire dans cette affaire ?

Peut-être était-ce un voisin...

— Laurent m'a demandé de venir vous chercher.

— Et cette demande ne vous a fait aucun plaisir, si je comprends bien ?

— Si vous voulez le fond de ma pensée, le trajet par la route était bien tout ce que vous méritiez... à partir du moment où l'on avait jugé bon de vous inviter !

Sa voix la flagellait. Furieuse, elle explosa.

— Comment... comment osez-vous ! En quoi cela vous concerne-t-il, si l'on m'invite ou non à Mundamunda ?

— Ça me concerne parce que je suis chez moi, là-bas !

Sa voix s'était durcie. Il accorda à la jeune fille un regard méprisant.

— Et, pour ma part, poursuivit-il, je ne me sens aucunement obligé de faire le moindre effort en faveur d'une petite mijaurée gâtée et parfaitement odieuse, qui se croit en droit de lancer contre ma famille n'importe quelle accusation pour justifier son esprit perverti !

— Vous parlez de... de moi? souffla-t-elle, incrédule, d'une voix étouffée.

Francis haussa sarcastiquement un noir sourcil.

— Vous vous êtes donc reconnue?

Elle sentit les mots lui manquer... pas tout à fait, par bonheur.

— Espèce de sale type, avec vos airs insupportablement protecteurs! Qui vous croyez-vous, pour me faire la leçon? Si je pense en avoir le droit, j'accuserai n'importe qui de n'importe quoi, et vous pouvez aller au diable!

Elle se retourna vers la vitre pour contempler fixement le terrain qui passait au-dessous d'eux. Sa poitrine se soulevait convulsivement sous la violence de ses sentiments. L'instant d'après, elle regarda son compagnon et lui demanda d'un ton soupçonneux :

— *Votre* famille? Qu'entendez-vous par là?

— C'est mon père que votre mère a l'intention d'épouser!

La fureur dévorait Gaëlle. Naturellement, il s'était bien gardé de lui faire cette révélation dès le début! Eh bien, la bataille venait tout juste de commencer, Francis Montgomery allait s'en rendre compte! Avec une lenteur calculée, elle ôta ses lunettes, toisa son voisin tout à loisir, délibérément.

— Alors, elle doit s'être laissé duper plus complètement encore que je ne le croyais! lança-t-elle d'un ton acide.

Les doigts de son compagnon se crispèrent, ses jointures blanchirent. Elle vit ses traits se durcir et elle avala sa salive avec appréhension.

— Une preuve de plus de votre point de vue déformé sur la vie, hein? fit-il d'une voix mordante.

C'était la seconde réflexion de ce genre.

— C'est-à-dire?

— Si j'en crois Thérèse, depuis l'abandon de votre père, vous êtes convaincue que tous les hommes sont du même tonneau!

— Et ce n'est pas vrai ? dit-elle avec un sourire mi-figue mi-raisin.

— En ce qui vous concerne, je n'en serais pas le moins du monde surpris, lui accorda-t-il, moqueur. Pour eux, probablement, votre attitude est simplement une façade qui dissimule un tempérament frigide.

Les yeux de Gaëlle lancèrent une flamme verte. Elle dut faire un immense effort pour garder le sourire.

— Quelle réaction typiquement masculine ! Si une femme ne tombe pas d'emblée à vos pieds, vous la jugez automatiquement frigide. Il ne vous vient pas à l'esprit une autre idée : certaines d'entre nous prennent votre comportement pour ce qu'il est... une manifestaton égocentrique.

Elle eut un rire bas qui le défiait.

— Désolée de vous décevoir, mais je n'ai pas l'intention de me rendre ridicule pour un homme, et si c'est là, pour vous, avoir un esprit déformé, tant pis. Je préfère ça à me réveiller un beau matin pour découvrir que l'être aimé a brusquement décidé d'aller chercher ailleurs une herbe plus verte !

— En d'autres termes... vous avez peur ! affirma-t-il avec dédain.

— De quoi donc ?

— De la vie en général et des hommes en particulier, semble-t-il ! Vous savez ce qui ne va pas chez vous ?

— Je vous en prie, dites-le-moi.

— Vous avez simplement une peur bleue d'être incapable de retenir un homme !

— Oh, bon sang ! Nous voilà repartis dans l'égocentrisme ! Vous autres, les hommes, vous avez vraiment horreur de penser qu'une femme puisse vous résister ! Vous aimeriez nous voir toutes du genre de votre petite amie de l'aéroport : suspendues à vos lèvres, comme si notre vie en dépendait.

Il se contenta de demander d'un ton sardonique :

— Est-ce ce qui vous a permis de devenir une telle autorité sur le sujet ? Vous espionnez les gens ?

— Je n'espionne pas, j'observe, fit-elle d'un ton

doucereux. Mais, naturellement, si l'on était arrivé à temps pour m'accueillir, je n'aurais pas eu besoin de recourir à ce genre de distraction, n'est-ce pas ?

— Ça vous embête encore !

Il eut un brusque sourire, et, malgré elle, elle reprit conscience de sa séduction.

— N'y pensez plus. Je vous l'ai dit, si j'avais eu le choix, je vous aurais laissée faire le trajet en voiture.

— Alors, il est dommage que vous n'ayez pas eu votre mot à dire ! J'aurais peut-être bénéficié d'une compagnie plus sympathique, répliqua-t-elle. Je commence à regretter l'absence d'Alex.

— Alex ? répéta-t-il, avec un rapide coup d'œil. L'assistant de Thérèse ?

— Oui. L'idée de ce mariage ne lui plaît guère, à lui non plus, déclara-t-elle avec satisfaction.

Francis ébaucha une grimace cynique.

— Elle nous a fait part de sa désapprobation, après le coup de fil d'Alex, hier. Si je comprends bien, il se considère un peu comme le gardien de la famille.

C'était probablement vrai, se dit ironiquement la jeune fille. Mais, en même temps, elle regrettait que sa mère se fût montrée si prodigue de renseignements. Surtout en ce qui la concernait !

— Je suis heureuse de le voir assumer ce rôle, mentit-elle effrontément. Et maman accepte volontiers ses avis.

— Vraiment ?

Les noirs sourcils se haussèrent de nouveau.

— Hier, pourtant, elle semblait assez mécontente. Peut-être, contrairement à vous, se juge-t-elle capable de faire confiance à ses émotions, sans intervention extérieure ?

— Alors, elle a certainement oublié à quel point elle aurait eu besoin de ce genre de conseil avant d'épouser mon père !

— Oui, mais, dans ce cas, vous ne seriez pas là pour le lui rappeler, n'est-ce pas ? fit-il ironiquement.

— Ça n'a rien à voir ! Je suis bel et bien ici, même si

ça vous déplaît, et j'ai l'intention de réveiller ses souvenirs.

— Qu'elle en ait envie ou non ?

— Oui !

Elle l'entendit reprendre vivement son souffle ; il posa sur elle un regard perçant, glacial, qui la fit frissonner involontairement.

— Vous êtes vraiment une petite garce, un monstre d'égoïsme, hein ? Que votre mère soit heureuse, malheureuse ou dans un état intermédiaire entre les deux, vous vous en moquez comme de l'an quarante, n'est-ce pas ? Ce qui vous importe, à vous, avec toutes vos petites peurs mesquines, vos inhibitions, ce sont *vos* sentiments, *vos* idées, *vos* désirs et *vos* besoins. Vous ne vous souciez jamais de personne d'autre !

— Ce n'est pas vrai ! Je pense à ma mère avant tout ! Et, si vous n'avez rien à cacher, pourquoi tant de bruit parce que je tiens à m'assurer qu'elle ne commet pas une erreur ? Répondez-moi, si vous pouvez... ou si vous osez ! lui lança-t-elle insolemment.

Le seul bruit, durant un moment, fut le ronronnement rythmé des moteurs de l'avion. Francis dit enfin, entre ses dents serrées :

— Si je vous répondais, vous ne seriez sans doute pas en mesure d'apprécier...

— Autrement dit, vous ne pouvez pas !

— Autrement dit, n'allez surtout pas croire que votre sexe vous protège automatiquement de toute représaille, corrigea-t-il d'un ton farouche.

— Ah ?

Elle haussa nonchalamment les épaules, sans perdre son air maussade.

— C'est un prétexte comme un autre, si vous voulez éviter de me répondre, n'est-ce pas ?

— Gaëlle ! Mon père est peut-être disposé à se montrer plus indulgent, mais ma patience a des limites, et vous venez de les atteindre !

Sans se soucier de sa colère, elle insista :

— Alors, pourquoi ne voulez-vous pas me répondre ?

— Parce que je me refuse à accorder une valeur quelconque à une telle accusation, voilà pourquoi !

Elle prit un air manifestement incrédule.

— Encore une bonne excuse ? osa-t-elle murmurer.

— Appelez ça comme vous voudrez, je m'en moque ! répliqua-t-il avec un mépris écrasant.

Maintenant, peut-être, mais quand elle aurait parlé à sa mère... il changerait de chanson ! se dit-elle. Cette fois-ci, néanmoins, elle eut la prudence de ne pas exprimer tout haut ses pensées. Il représentait encore une quantité relativement inconnue, et, si elle allait trop loin, elle ne pouvait prévoir ses réactions.

Elle lui tourna plus ou moins le dos et se plongea dans la contemplation du paysage qu'ils survolaient. Des plaines immenses alternaient avec des marécages, et les cours d'eau tortueux se dessinaient nettement grâce à la végétation de leurs berges. Plus loin, devant l'avion, et près de l'un de ces cours d'eau, un groupe de bâtiments devint peu à peu visible. La curiosité de Gaëlle prit le dessus, et, par-dessus son épaule, elle jeta un coup d'œil à son compagnon.

— Mundamunda ? demanda-t-elle.

— Oui.

Tous deux avaient parlé du même ton bref. La jeune fille, secrètement, se permit un petit sourire satisfait. Elle avait au moins le plaisir de savoir que tout n'allait pas selon les désirs de ce Francis ! Elle y puisa assez d'assurance pour poser une autre question.

— Est-ce une vaste propriété ?

— Assez. Pourquoi ?

— Je me le demandais, c'est tout.

— Vous vous demandiez si nous avions besoin de l'argent de votre mère, c'est ça ?

En fait, il se trompait, mais, puisqu'il lui présentait une occasion sur un plateau, elle ne put s'empêcher de la saisir.

— Et alors, en avez-vous besoin ?

Avec une rapidité inattendue, la main de Francis lui saisit soudain le menton ; il se pencha vers elle.

— Désolé... mais c'est non, répondit-il du même ton sarcastique.

Le regard moqueur des yeux bleus retenait impitoyablement celui de Gaëlle.

— Déçue ? ajouta-t-il.

— Pas vraiment, fit-elle avec une feinte indifférence.

En même temps, elle essayait de maîtriser l'émotion qui montait en elle à son contact.

— Même si c'était vrai, nous ne l'avoueriez pas.

— Alors, pourquoi poser la question ?

— Pourquoi pas ? Je n'avais rien à perdre.

— Et beaucoup à apprendre, hein ?

— Question d'opinion !

Son voisin eut un rire amusé et la lâcha pour entamer la descente. Gaëlle était la proie de sentiments mêlés : du soulagement, parce qu'il avait rompu un contact qui la troublait inexplicablement ; de la rancune devant son arrogance et ses critiques continuelles.

D'accord, elle était venue jusque-là dans l'intention de persuader sa mère de ne pas épouser le père de Francis. Cela ne lui donnait quand même pas le droit de la traiter de cette manière méprisante et cavalière. Elle se renversa sur son siège et se prépara à l'atterrissage. Celui-ci s'accomplit avec toute l'aisance née d'une longue pratique, sur une bande de sable rouge aménagée au milieu des broussailles, à deux cents mètres des bâtiments. L'avion sitôt posé, ils se mirent en route à pied.

Au premier coup d'œil, l'endroit semblait désert, dans la chaleur somnolente de cette fin d'après-midi. Cela n'avait rien d'étonnant, supposa Gaëlle : la plupart des travailleurs devaient encore être à leur besogne, et, seuls, les chiens leur firent un accueil vociférant. Ils passèrent devant de nombreuses bâtisses : les unes abritaient du matériel, les autres servaient visiblement à loger du personnel. Les deux voyageurs parvinrent enfin à la palissade qui entourait la maison proprement dite et ses jardins.

Le portail une fois franchi, la jeune fille vit plus nettement la demeure. C'était une construction du style typiquement colonial des tropiques. Surélevée d'un mètre au-dessus du sol, elle était cernée de vérandas qui protégeaient l'intérieur du soleil. De surcroît, deux arbres gigantesques donnaient leur ombre au toit. C'était une vaste et gracieuse demeure, mais l'attention de Gaëlle fut rapidement détournée par les quatre silhouettes qui venaient d'émerger sur la véranda en façade.

Elle reconnut aussitôt sa mère. L'homme grand et très blond — presque blanc — qui se tenait près d'elle devait être le père de Francis. Les deux autres étaient plus difficiles à identifier. C'étaient deux jeunes femmes, l'une petite et brune, l'autre blonde et de taille moyenne. L'une des deux pouvait-elle être la sœur de Francis ? se demanda la jeune fille. Sa mère, elle s'en souvenait, lui avait parlé de deux enfants dans la famille. Mais laquelle était-ce ? La petite, dont les cheveux étaient sombres comme ceux de Francis, ou bien la blonde, dont la chevelure rappelait celle du père ? Elle haussa les épaules : l'avenir le lui dirait.

— Ma chérie, je suis si heureuse de te voir ! As-tu fait bon voyage ?

La jeune fille embrassa la joue lisse de sa mère. Elle était tentée de répondre qu'elle se serait bien passé de la seconde partie mais, sagement, elle s'en abstint.

— Très bon, merci, murmura-t-elle poliment.

— Et maintenant, tu vas faire la connaissance de Laurent, poursuivit joyeusement sa mère.

Elle l'amena devant l'homme dont les yeux d'un bleu profond étaient ceux de son fils. A une différence près : les siens n'exprimaient aucune hostilité mais un intérêt bienveillant.

— Bonjour, monsieur Montgomery, dit Gaëlle en lui tendant la main.

Il secoua légèrement la tête.

— Non, je vous en prie, appelez-moi Laurent. Pas de *monsieur* cérémonieux, d'accord ? fit-il d'une voix bien modulée.

— Merci.

Elle se sentait un peu confuse. Etant donné la raison de sa visite, une atmosphère plus formelle lui aurait mieux convenu.

Déjà, Thérèse continuait les présentations :

— Et voici Roselyne, Roselyne Daniels, la fille de Laurent, dit-elle en désignant la petite brune. Fanny Stanbroke est une amie de Roselyne.

Les trois jeunes femmes échangèrent des poignées de main. Mme Weldon se mit à rire :

— Naturellement, tu connais déjà Francis.

— Mmm...

C'était une réponse des plus sommaires, accompagnée d'un demi-sourire presque grimaçant. Elle serrait les lèvres pour refouler le « Malheureusement ! » qui voulait suivre.

— Puis-je vous suggérer d'aller prendre quelques rafraîchissements à l'autre bout de la véranda ? proposa Laurent Montgomery. Gaëlle, j'en suis sûr, aimerait une boisson fraîche, après son voyage.

— Je préférerais d'abord aller faire un brin de toilette et passer des vêtements un peu plus légers, si vous le voulez bien, dit vivement la jeune fille. La température à Adélaïde différait beaucoup de celle-ci, quand je suis partie.

— Oui, je m'en doute, fit-il avec un sourire compréhensif. Peut-être pourriez-vous lui montrer sa chambre, Thérèse ? De toute façon, vous devez avoir envie de bavarder un peu ensemble.

La proposition fut acceptée avec vivacité.

— Nous n'en aurons pas pour longtemps, dit Thérèse, en faisant entrer sa fille dans le grand vestibule.

Elles passèrent devant un salon dont les murs étaient revêtus de bois d'érable et devant une élégante salle à manger, avant d'atteindre les chambres situées dans l'aile droite de la maison. Elles pénétrèrent enfin dans une vaste chambre confortablement meublée, décorée dans des tons de bleu lavande.

Gaëlle regarda autour d'elle avec curiosité mais s'immobilisa à la vue de Francis, debout sur le seuil.

— Votre valise, dit-il ironiquement.

Il entra dans la pièce.

— Où voulez-vous la mettre ?

— Oh, au pied du lit, ça ira très bien, merci.

Sa présence virile paraissait dominer la chambre si féminine.

Il déposa le bagage et sortit. La mère de la jeune fille eut un sourire taquin.

— Ça, c'est un homme, comme diraient les filles, à l'agence. Tu ne trouves pas ?

— Oui, je suppose.

— Tu supposes ? fit Thérèse en riant, tout en fronçant les sourcils. J'étais certaine qu'il ferait sur toi une impression plus vive !

Il lui avait fait impression, mais pas d'une manière qui pouvait la confondre d'admiration !

— Eh bien, tu t'étais trompée ! riposta-t-elle d'un ton un peu acide. D'ailleurs, je ne suis pas venue pour me laisser impressionner par les séducteurs du cru. Je suis ici pour...

— Je sais, ma chérie, je sais, l'interrompit vivement sa mère, avec un geste d'apaisement.

Ses yeux bruns exprimaient une muette prière.

— Mais, s'il te plaît, ne dis rien avant d'avoir pris le temps de mieux connaître Laurent, veux-tu ? Tu me trouves terriblement impulsive, certes, mais je suis sûre de moi, et, avant longtemps, tu te rangeras à mon avis.

— Oh, maman ! soupira Gaëlle. Si je croyais vraiment que tu puisses être heureuse, je serais la première à te dire « Vas-y ! », mais...

Elle se passa nerveusement les doigts dans les cheveux.

— Comment peux-tu prendre une décision aussi importante, quand tu connais cet homme depuis un peu plus d'une semaine ?

— Parce que c'est bien, je le sens.

— Mais tu as dû avoir la même impression...

— Avec ton père? Non, dit Thérèse en secouant tristement la tête. Je me dupais moi-même, alors. Je vois maintenant la différence.

— A mon avis, tu devrais quand même te donner un peu plus de temps pour réfléchir, insista obstinément la jeune fille. Vous n'avez pas encore fixé de date, ni rien d'autre d'aussi ridicule, j'espère? ajouta-t-elle, inquiète.

— Mis à part le fait que, pour moi, ça n'a rien de ridicule... oui, nous avons fixé une date. Mais ça n'est pas encore définitif.

— Pour quand? souffla Gaëlle.

Elle ne s'attendait pas à voir la situation évoluer aussi rapidement!

— Dans un mois.

— Tu ne parles pas sérieusement!

La jeune fille n'avait pu retenir cette exclamation. Elle vit le visage de sa mère se rembrunir. Elle vira aussitôt de bord, adopta un ton moins critique.

— Alex est... inquiet, lui aussi. Vois-tu, il craint que tu ne commettes une erreur.

— Et sa façon d'exprimer son opinion me plaît encore moins que la tienne!

Bon, qu'avait-elle dit?

— Il prend tes intérêts à cœur, c'est tout...

— Pas entièrement, riposta Thérèse ironiquement. Il y a aussi l'insignifiante question de l'agence.

— Tu as donc l'intention de vendre?

Gaëlle avait pris le taureau par les cornes.

— Je n'ai encore rien décidé, mais c'est une possibilité. J'ai l'embarras du choix pour investir l'argent qui me viendrait de cette vente.

— A Mundamunda, par exemple?

Thérèse commença par secouer la tête d'un air découragé mais, au grand étonnement de sa fille, elle se mit ensuite à rire.

— Tu sais, Gaëlle, j'aurais peut-être pu — *peut-être,*

seulement — comprendre que tu nourrisses des soupçons de ce genre quand je t'ai téléphoné. Mais, franchement, après avoir été amenée jusqu'ici dans leur avion particulier, après avoir vu cette maison, comment peux-tu encore croire que les Montgomery s'intéressent à mon argent ? Ma chérie, Mundamunda est immense. Ils pourraient certainement acheter l'agence une demi-douzaine de fois sans même s'en rendre compte.

— Seulement, la terre ne vaut pas un radis à moins de la vendre !

— C'est possible, mais elle leur donne pourtant les moyens de vivre très confortablement, je t'assure ! Sans parler de leurs autres entreprises, ajouta Thérèse.

— Par exemple ?

— Le transport du bétail, les abattoirs, d'autres domaines... et tu as bien entendu parler de Baapanannia ?

Qui n'en avait entendu parler ? Ce nom, en dépit de sa complication, était depuis quelque temps sur toutes les lèvres, à propos de la récente découverte d'un gisement de bauxite dont les réserves dureraient, affirmait-on, des dizaines et des dizaines d'années.

— Quel rapport avec les Montgomery ? demanda Gaëlle.

— Ils toucheront une redevance sur chaque tonne exportée, ni plus ni moins, expliqua sa mère, visiblement satisfaite d'avoir pu lui assener ce coup de grâce.

Incapable de s'avouer dans son tort, la jeune fille eut une grimace sardonique.

— Qui te l'a dit ? Eux ?

— Si, par « eux », tu veux parler de Laurent et de Francis, la réponse est oui. Mais, par ailleurs, j'ai vu un certain nombre de documents authentiques qui confirment la chose... Je ne suis pas absolument incompétente, quand il s'agit d'affaires, mon ange. J'ai peine à comprendre pourquoi tu te refuses à croire qu'ils n'ont aucun dessein sur mon argent.

Elle pencha la tête de côté.

— Tu veux bien m'expliquer ?

Devant une question directe, Gaëlle put seulement ébaucher un petit sourire un peu triste.

— Sans doute parce que je m'en suis convaincue dès le début, reconnut-elle.

Depuis quelques heures, son désir de trouver quelque chose à reprocher à Francis y était probablement aussi pour quelque chose, lui souffla son esprit. Mais elle chassa immédiatement cette idée ridicule. Elle avait certainement déjà bien assez de raisons de le détester !

— Maintenant tu es convaincue du contraire ? insista Thérèse.

— Oui, je suppose, concéda-t-elle avec un soupir.

Elle se trouvait privée de l'un de ses arguments pour forcer sa mère à y réfléchir à deux fois avant de songer au mariage !

3

Après avoir passé une robe bain de soleil, Gaëlle revint avec sa mère sur la véranda. Les autres, dans leurs fauteuils de rotin garnis de coussins, avaient formé un demi-cercle. Il restait trois sièges vacants, et la jeune fille se demanda si l'on attendait encore quelqu'un. Pour ne pas s'asseoir près de Francis, elle s'installa à côté de Roselyne, ce qui laissait à Thérèse le dernier fauteuil entre elle et Laurent.

— L'après-midi, Thérèse aime boire un vermouth très sec additionné de citronnade, dit celui-ci. Et vous, Gaëlle ?

— La même chose, s'il vous plaît, répondit-elle en souriant.

Laurent allait se lever mais il retomba dans son fauteuil quand son fils proposa :

— Je m'en occupe.

Et il rentra dans la maison par une porte-fenêtre, derrière eux.

— Vous travaillez à l'agence de tourisme, vous aussi, n'est-ce pas, Gaëlle ? demanda Roselyne avec un intérêt sincère. Ça doit être passionnant de s'occuper de voyages dans tous les pays.

— C'est rarement ennuyeux, en effet, surtout à cause de tous ces gens qui attendent la dernière minute pour décider qu'ils veulent aller quelque part, déclara ironiquement Gaëlle.

— Moi, je ne trouve pas ça tellement passionnant,

intervint Fanny d'un ton un peu dédaigneux. Après tout, c'est tout bonnement du travail de bureau, non?

— Pas toujours, dit Gaëlle.

— Pour vous, non, je suppose.

La blonde se mit à rire.

— Avec votre mère propriétaire de l'agence, vous devez bénéficier de tous les voyages gratuits qui peuvent se présenter.

La remarque contenait une nuance de malice délibérée, se dit la jeune fille. Mais pourquoi? Elle n'en savait rien. Certes, Fanny s'était montrée très réservée lors des présentations; c'était peut-être chez elle un comportement naturel. Gaëlle ouvrait la bouche pour répondre lorsque sa mère prit les devants.

— Je ne garderais pas très longtemps mon personnel, Fanny, si je m'abandonnais à ce genre de favoritisme. En fait, le plus souvent, c'est tout le contraire. Pour éviter une telle accusation, je dois me montrer plus stricte avec ma propre fille.

A ce moment, Francis revenait. Il tendit les deux verres à Thérèse et à Gaëlle, mais son regard demeurait accroché à celui des yeux gris-vert.

— Une fille douée de... la force de caractère de Gaëlle doit surmonter ce désavantage sans problème, j'en suis sûr, fit-il, moqueur.

La jeune fille se contraignit à sourire avec les autres. Ils avaient pris la réflexion de Francis pour une plaisanterie; mais, après la façon dont il avait récemment qualifié ce même caractère, elle n'était pas dupe! Elle parvint à grand-peine à le remercier d'un signe de tête avant de répliquer :

— Naturellement! Je réussis généralement à obtenir ce que je veux quand je m'y applique vraiment.

— Bravo! applaudit Laurent, sans se rendre compte qu'elle faisait allusion à ses relations avec sa mère.

Francis, lui, avait fort bien compris, l'expression féroce de son visage le montrait assez. Pourtant, il n'en restait pas la moindre trace quand il revint s'asseoir près de Fanny qui entama aussitôt avec lui un tendre dialogue. Ça, bien sûr, c'était suffisant pour le faire sourire de toutes ses dents !

— A propos de l'agence, reprit Thérèse, je verrai dans quelques jours si Gaëlle est de mon avis sur mon projet de séjours chez l'habitant, dans le Territoire. Ces séjours ont connu un vif succès dans des domaines moins importants, dans le Sud, et je ne vois pas pourquoi ils ne réussiraient pas aussi dans des régions plus reculées.

Elle s'adressa directement à sa fille.

— Tu demanderas à Francis s'il veut bien t'emmener, un jour où il ira à la recherche de buffles. J'y suis allée un jour de la semaine dernière et j'y ai pris grand plaisir. Les touristes trouveraient certainement ça passionnant, acheva-t-elle avec enthousiasme.

Gaëlle n'avait pas la moindre intention de demander une faveur à Francis. Par ailleurs, elle avait d'autres idées sur la question.

— Ce genre d'expédition ne peut-il pas être dangereux ?

A l'origine, le buffle d'eau avait été importé des Indes, plus de cent cinquante ans auparavant, mais, quand les premières tentatives pour exploiter le Nord avaient été abandonnées, les animaux étaient retournés à l'état sauvage. Ils s'étaient abondamment multipliés, et c'étaient des bêtes énormes, hargneuses. La jeune fille voyait mal comment on pourrait laisser des touristes les approcher !

— C'est précisément mon avis, appuya Laurent.

— Oh, mais ils ne participeraient pas directement à la poursuite, précisa Thérèse. Ils pourraient tout bonnement suivre dans un autre véhicule, pour observer ce qui se passe.

— Ce serait quand même risqué, dit-il. Vous en avez fait l'expérience : ce ne sont pas seulement les animaux qui sont dangereux ; c'est aussi la vitesse à laquelle les voitures doivent parfois rouler. Vous heurtez une souche ou une termitière, vous crevez un pneu, et n'importe quoi peut arriver.

Thérèse était pensive.

— Vous ne m'avez rien dit de tout ça quand vous m'avez emmenée, l'accusa-t-elle.

— Je ne voulais pas vous faire peur, répondit-il avec un petit rire. Et j'ignorais votre projet de mettre le rassemblement des buffles au nombre des activités touristiques.

— Vous savez pourtant à quel point mon enthousiasme a grandi, depuis mon arrivée ici !

— Ne m'en parlez pas ! fit-il, les yeux au ciel.

Mais il posa ensuite sur elle un regard affectueux.

— Votre mère, expliqua-t-il à Gaëlle, m'a fait survoler avec elle presque tout le Territoire, afin de mettre au point son projet. En fait, je la soupçonne parfois de vouloir m'épouser dans le seul but d'obtenir des introductions auprès de tous les propriétaires de ma connaissance !

— Sinon, comment pourrais-je me tirer d'affaire ? riposta-t-elle promptement, en lui rendant son sourire.

— Tu n'as plus besoin de te soucier de ce projet, puisque tu vas te marier, intervint Gaëlle, non sans raideur.

— Oh, je ne pourrais pas l'abandonner, protesta sa mère. Surtout pas après tout ce travail préliminaire. J'espérais d'ailleurs te voir compléter toutes les dispositions nécessaires, avec l'aide d'Alex, si je ne parviens pas à en finir à temps. Ce serait dommage d'y renoncer, faute de quelques menus détails et d'un peu de publicité.

— Mais nous ne travaillerons peut-être plus bien longtemps pour l'agence, Alex et moi.

Toute une variété d'expressions se succédèrent sur les traits de Thérèse, mais la stupéfaction prit le dessus.

— Que veux-tu dire ? s'exclama-t-elle.

— Eh bien... dit Gaëlle avec un léger haussement d'épaules, si tu vendais, nous pourrions nous retrouver au chômage, non ?

— Ça, c'est une idée d'Alex ! déclara sa mère avec emportement. Qui plus est, c'est une suggestion ridicule ! Même si je vends, ce ne sera pas avant quelque temps, et je n'ai certainement pas l'intention de voir mes collaborateurs perdre leurs emplois.

— Tu n'auras peut-être pas le choix, précisa la jeune fille, avec un peu d'hésitation.

Elle n'avait pas eu l'intention d'aborder cette discussion en public, mais les mots lui avaient échappé... et elle avait ainsi fourni à Francis une autre occasion de l'accuser d'égoïsme, se dit-elle avec agacement.

Laurent vint à son aide avec un sourire compréhensif.

— Alors, nous devrons veiller à ce qu'elle l'ait. Si toutefois votre mère décide de vendre. Personne ne lui a suggéré de le faire, vous savez.

Il essayait de la convaincre que la décision appartenait exclusivement à sa mère, et la jeune fille lui en fut reconnaissante.

— Non, je sais. Mais...

— Vous avez l'habitude de penser le pire de tout le monde, coupa de nouveau Francis, de son ton sarcastique.

Sa remarque amena un sourire affecté sur les lèvres de Fanny et une expression stupéfaite sur les traits de tous les autres... sauf Gaëlle.

— Il y a des gens dont on ne peut vraiment penser aucun bien ! lança-t-elle.

— Comme vous avez raison ! s'empressa-t-il d'approuver.

Roselyne se renversa sur le dossier de son fauteuil pour laisser éclater son hilarité. L'attention de tous ses compagnons se fixa sur elle.

— Oh, je vous demande pardon, dit-elle, un peu calmée. Mais franchement, à vous entendre tous les deux, on vous croirait mariés depuis des années. Vous êtes bien sûrs de vous être rencontrés pour la première fois cet après-midi ?

Gaëlle s'empourpra et saisit son verre pour dissimuler sa confusion, laissant à Francis le soin de répondre.

— Fonderais-tu ce jugement sur ton expérience personnelle, Rosy? demanda-t-il ironiquement.

— Comme si j'étais capable de me disputer avec mon mari!

Elle était l'image même de l'innocence.

— N'oublie pas, ajouta-t-elle : j'ai promis de l'aimer et de lui obéir.

— Absolument pas! corrigea-t-il. Si mes souvenirs sont exacts, tu as remplacé « obéir » par « garder ».

— Et j'attends encore de la voir tenir son serment! fit une voix joyeuse, à l'autre extrémité de la véranda.

— Bernard! s'écria Roselyne, ravie. Quand es-tu revenu? Nous ne t'avons pas vu arriver. Veux-tu boire quelque chose? Viens faire la connaissance de Gaëlle... Bernard est mon mari, expliqua-t-elle sans nécessité à sa voisine.

La jeune fille regarda approcher le jeune homme et sourit avec les autres en l'entendant répondre à toutes les questions de sa femme.

— Nous sommes rentrés depuis une petite demi-heure, et, si tu ne nous as pas vus, c'est probablement parce que nous sommes revenus par le vieux Mundamunda. Oui, ma foi, je boirais bien quelque chose. Et...

Il tendit vers la jeune fille une main carrée, vigoureuse.

— ... je m'appelle Bernard Daniels. Heureux de vous connaître, Gaëlle.

Francis, qui avait de nouveau disparu à l'intérieur de la maison, revint avec trois boîtes de bière et les distribua aux hommes.

— Service impeccable, non? fit-il avec humour à l'adresse de son beau-frère.

Bernard, avant de répondre, repoussa en arrière son chapeau à large bord et but une longue gorgée de bière.

— Pas mal, répondit-il avec un lent sourire. Mais ça n'a rien d'étonnant. Tu as passé ta journée aux commandes d'un avion, et la moitié de ce temps en charmante compagnie.

Gaëlle rougit. Elle s'attendait à entendre Francis exprimer très précisément son sentiment sur cette « charmante compagnie ». Elle soupira de soulagement en l'entendant répondre de sa voix traînante :

— Eh oui, c'est ça, la chance !

Il reprit un ton plus grave pour questionner :

— Mais pourquoi êtes-vous rentrés par l'ancienne maison ? C'est plus long.

— J'en sais quelque chose, fit Bernard avec une grimace. Mais j'ai trouvé des traces de buffles à l'entrée de la vallée et j'ai jugé bon d'y regarder de plus près.

— Et ? insista Laurent, penché en avant.

— Ils sont bien là, soupira son gendre.

— Oh, non ! s'écria Roselyne, consternée.

Gaëlle fronçait les sourcils sans comprendre. La petite brune expliqua :

— La Vallée des Lagunes est l'un des endroits les plus jolis qui soient, avec des sources chaudes et tout ce qu'on peut souhaiter. Mais, si les buffles s'y répandent, ils vont tout saccager. Ils ont l'habitude de se vautrer partout et ils détruisent complètement les trous d'eau en les transformant en marécages.

La jeune fille hocha la tête avec sympathie.

— Ne pourrait-on les clôturer ? demanda-t-elle.

— Contre des buffles sauvages, non, répondit Laurent. D'abord, dans certains endroits, il est impossible de dresser une clôture quelconque. Par ailleurs, l'idée de clôturer un vaste domaine n'est guère praticable. Voilà pourquoi, par ici, la plupart des propriétés n'ont pas de limites visibles.

— Vous n'avez jamais de clôtures ?

— Seulement là où c'est absolument nécessaire et faisable, rectifia-t-il.

— D'ailleurs, ajouta Bernard, à la saison des pluies, quand les rivières et les cours d'eau se changent en torrents du jour au lendemain, nous pourrions nous retrouver avec un grand nombre de bêtes mortes si elles n'avaient pas la possibilité de gagner des terres plus élevées.

— Alors, comment faites-vous pour éloigner les buffles de la vallée ? insista Gaëlle.

— Bah, c'est seulement la seconde fois en... oh, cinq ou six ans que nous les trouvons si loin à l'ouest. Si nous pouvons les chasser de là, ils nous laisseront tranquilles pendant un certain temps, espérons-le.

— Et que faites-vous d'eux, quand vous les avez rassemblés ? Vous les vendez ? demanda la jeune fille.

— Exactement ! confirma Bernard. On peut se faire un bon revenu en capturant et en vendant les buffles. Voilà pourquoi Laurent et Francis ont mis au point leur programme de domestication.

— Mais pourquoi en faire l'élevage, puisqu'ils sont apparemment si nombreux dans les parages ?

— Nous préférons remplacer les bêtes sauvages par des animaux domestiques et garder l'espèce sous contrôle, expliqua Laurent. Dans l'état actuel, ils constituent une menace bien réelle pour l'élevage traditionnel de ce pays et peuvent introduire toutes sortes de maladies.

— Je comprends, dit-elle. Mais, si vous ne voulez pas d'eux dans la Vallée des Lagunes à cause des dommages qu'ils apportent aux trous d'eau, n'en feront-ils pas tout autant, une fois domestiqués ?

— Dans ce cas, nous pouvons au moins savoir où ils se vautrent et limiter les dégâts.

Francis s'était soudain mêlé à la conversation. Il se tourna vers son beau-frère.

— Combien étaient-ils, selon toi, dans la vallée ?

— Une cinquantaine, une soixantaine peut-être.

— Tant que ça ?

Laurent haussait ses sourcils argentés.

— Francis, tu ferais bien de jeter un coup d'œil de ce côté pour savoir où ils sont, combien, et si nous aurons ou non besoin de l'hélicoptère.

Il se tourna vers Gaëlle.

— Il y a des marécages, à l'entrée de la vallée. Si les buffles se trouvent de ce côté, un hélicoptère est le seul moyen de les chasser.

— Pourquoi n'irions-nous pas tous ? intervint Roselyne. Ce serait pour Gaëlle une bonne occasion de voir une partie du domaine, et nous n'avons pas fait de barbecue là-bas depuis des siècles.

— Je veux bien, acquiesça son père. Et toi, Francis ?

Les larges épaules se soulevèrent.

— Si tu veux, dit-il, sans enthousiasme.

Ses yeux bleus se posèrent sur la jeune fille.

— Vous montez à cheval ?

— Tout juste, répondit-elle franchement.

Les lèvres du jeune homme ébauchèrent un sourire sardonique ou méprisant. Mais il n'eut pas le temps de répondre.

— Gaëlle pourrait venir avec moi dans la Land Rover, proposa sa sœur.

— Et moi ? demanda Fanny.

— A toi de choisir, fit Roselyne.

— Mais Francis avait promis de me ramener chez moi demain, en avion ! protesta la blonde.

— Oh, flûte ! s'exclama le jeune homme.

Il eut un sourire d'excuse à l'adresse de Fanny.

— Pardon, mon petit, mais il faut aller au plus pressé. Pourquoi ne pas rester un jour de plus ? Tu n'es pas tenue de rentrer ?

Puisque c'était lui qui le lui demandait, Fanny se laissa persuader.

— Non, pas vraiment. En réalité, je dispose encore de toute une semaine avant d'être obligée de partir, ajouta-t-elle d'un ton insinuant.

— Alors, restez donc, dit généreusement Laurent. Vous êtes toujours la bienvenue, vous le savez.

— Merci.

Fanny maîtrisait à grand-peine son triomphe.

— Je suis une cavalière émérite, poursuivit-elle sans la moindre modestie. Demain, je partirai à cheval avec Francis et Bernard et je laisserai la Land Rover à ceux qui sont moins sportifs.

Elle gratifia son voisin d'un tendre regard.

— Si nous descendions aux écuries ? Tu pourrais me trouver une monture.

Complaisamment, Francis repoussa son fauteuil. Gaëlle en profita pour éclaircir la déclaration de Fanny, à propos des « moins sportifs ».

— Vous ne montez pas, vous non plus ? demanda-t-elle à Roselyne, avec une certaine surprise.

L'autre se mit à rire.

— En temps normal, si. Mais, pour le moment, je suis enceinte, et ce genre d'activité m'est déconseillé.

— Oh, je ne m'étais pas rendu compte.

— J'en suis encore au tout début, c'est compréhensible...

Roselyne s'interrompit pour appeler son frère et Fanny qui se disposaient à partir.

— Pourquoi ne pas emmener Gaëlle ? Peut-être aimerait-elle visiter un peu les lieux...

Avec ces deux-là ? La jeune fille se déroba.

— Non, non, je vous en prie. J'ai encore certains points à discuter avec maman.

— Nous aurons tout le temps plus tard, ma chérie. Va donc.

Thérèse, sans le vouloir, anéantissait le prétexte de sa fille.

— Oh, mais...

— Ça n'intéresse peut-être pas Gaëlle, après tout.

Francis détaillait d'un air provocant le visage empourpré de la jeune fille.

— Je... mais si, naturellement, balbutia-t-elle. Simplement, je ne voulais pas m'imposer, c'est tout.

— Vous imposer... comment ça ?

L'innocence même de Francis était une provocation.

« Je ne voulais pas troubler votre idylle avec Fanny », eut-elle envie de répondre. Mais elle se contenta de dire :

— J'avais scrupule à vous faire perdre votre temps.

— Dans ce cas, puisque nous allons simplement aux écuries, Fanny et moi, il n'y a pas de problème. Je suis à votre service, ajouta-t-il avec une courbette moqueuse.

— Comme c'est gentil, dit la jeune fille, en se levant de mauvais gré.

— Allez mon petit. Francis va tout vous montrer. Il sera trop content, affirma Laurent d'un ton affable.

Gaëlle le remercia d'un sourire incertain et descendit les marches pour rejoindre les autres. Elle entendit Fanny dire à voix basse :

— A ce train-là, nous n'aurons le temps de rien faire.

Ce qui, naturellement, lui fit encore ralentir le pas. Francis dut deviner son intention : il lui passa un bras autour des épaules pour l'entraîner.

— Pressons un peu, petite sœur ! Je suis à votre service, je vous l'ai dit, mais pas pour une semaine !

— Alors, vous auriez peut-être dû réfléchir avant d'insister pour que je vous accompagne, lança-t-elle.

Ses paroles eurent malheureusement pour effet de lui faire resserrer son étreinte. Elle se retrouva tout contre lui, et ses remarques suivantes en perdirent de leur force.

— Qui plus est, je... je ne suis pas votre sœur, Francis Montgomery. Je ne suis même pas encore votre... votre demi-sœur !

— Question de temps, fit-il avec assurance.

— N'y comptez pas trop ! dit-elle avec colère, en tentant de se dégager.

— Si vous vouliez bien cesser de faire l'enfant, Gaëlle, intervint Fanny, furieuse, Francis pourrait peut-être me donner le bras au lieu d'avoir à vous traîner. J'ai peine à marcher sur ce terrain inégal, avec mes hauts talons, et j'aurais bien besoin de soutien.

Certes, ils avaient laissé derrière eux l'allée unie du jardin, mais, de l'avis de la jeune fille, la piste qu'ils suivaient maintenant était plutôt sablonneuse. Certainement pas difficile, en tout cas. Néanmoins, si la blonde désirait voir l'attention de Francis se concentrer sur elle seule, elle-même éprouvait un égal désir d'être délivrée de cette attention.

— Oh, mon Dieu, bien sûr, que je suis distraite,

s'écria-t-elle avec un regret bien joué. Le terrain est terriblement inégal, en effet...

Elle fit mine de trébucher.

— J'imagine ce que vous avez dû endurer... avec ces chaussures !

Francis avait aussitôt offert son bras droit à Fanny, sans toutefois enlever le bras gauche des épaules de Gaëlle. Elle lui coula un regard mi-furieux mi-ironique.

— Vous n'avez pas besoin de me soutenir, vous savez. Je ne risque pas de perdre l'équilibre, moi.

Les yeux frangés de cils noirs l'examinèrent.

— Ah non ? J'aurais cru le contraire, après vous avoir vue trébucher tout à l'heure, répliqua-t-il sardoniquement.

— Oh, ce n'était rien, déclara-t-elle d'un ton léger.

Voyant Fanny s'accrocher lourdement à son bras, elle en profita pour se dégager d'une secousse.

Après quoi, elle fit en sorte de rester à bonne distance mais, à mesure que progressait la visite, d'un bâtiment à un autre, elle en vint à se demander si c'était bien nécessaire.

Certes, Francis jouait à merveille son rôle de guide, mais tous les propos qui ne concernaient pas directement la visite des lieux s'adressaient presque exclusivement à Fanny. Gaëlle s'y attendait, mais elle ne savait plus trop si elle devait se sentir vexée ou satisfaite de son indifférence.

Devant le paddock, Fanny prit tout son temps pour choisir une monture. L'attention de Gaëlle s'égara quelque peu, et elle revint avec une certaine surprise au moment présent en entendant l'autre jeune fille lui parler.

— Je vous demande pardon, que disiez-vous ? demanda-t-elle.

Elle jeta un coup d'œil autour d'elle et comprit pourquoi la blonde condescendait soudain à lui adresser la parole : Francis avait disparu.

— Je vous demandais combien de temps vous alliez rester à Mundamunda.

— Ça dépend.
— De quoi ?
— De ma mère.
En quoi cela la regardait-elle, de toute façon ?
— Ah oui. Elle s'est bien débrouillée en séduisant Laurent Montgomery, hein ? Et en si peu de temps. Je croyais le... le coup de foudre réservé aux jeunes.
— Maman, je le crains, a toujours été un peu impétueuse.
— Surtout quand il est question d'argent, non ?
— Ce qui veut dire ?
— Evidemment, la fortune de Laurent n'a rien à voir dans l'histoire, fit l'autre, ouvertement sarcastique.
— Non, certainement pas !
Gaëlle connaissait bien sa mère : une telle considération serait bien la dernière à lui venir à l'esprit.
— De toute manière, reprit-elle, je me demande en quoi cela peut vous concerner !
Fanny eut une moue méprisante.
— Oh, ne jouez pas les innocentes avec moi ! Tout le monde le sait : après avoir accroché l'un des Montgomery pour elle-même, votre mère n'a pas perdu de temps à envisager la possibilité de piéger l'autre pour sa fille ! Sinon, pourquoi vous aurait-elle fait venir ?
Gaëlle luttait de toutes ses forces contre la colère qui montait en elle. Les dents serrées, elle parvint à sourire.
— Ce n'est pas elle. C'est Laurent.
— Personnellement ?
— Non, par l'intermédiaire de ma mère.
— Vous voyez bien !
Fanny haussa les épaules, comme si la démonstration était concluante.
— Vous ignorez une chose, reprit Gaëlle, heureuse de pouvoir répliquer. Je ne me soucie absolument pas de « piéger » un homme, et surtout pas un homme comme Francis Montgomery !
— Mais non, voyons ! fit l'autre d'un ton moqueur, manifestement incrédule. C'est uniquement pour vous

distraire, si vous essayez d'attirer son attention en faisant mine de vous dérober !

Cette accusation était bien la dernière à laquelle Gaëlle aurait pensé. L'amusement prit soudain le pas sur la colère.

— Ce serait probablement vrai si vous aviez raison, dit-elle ironiquement. Mais il n'en est rien, je vous assure. Inutile donc de vous mettre dans tous vos états à la simple idée d'une compétition.

Les joues pâles de Fanny devinrent écarlates, ses yeux lancèrent un éclair menaçant.

— Ne prenez pas un air supérieur, espèce de petite parvenue ! ragea-t-elle. Et ne vous attendez pas à me voir avaler vos mensonges ! Je vous observe de près, depuis votre arrivée. Votre regard est positivement brûlant quand il se pose sur Francis !

— C'est très probable. Mais, si vous faites plus attention, vous y lirez de l'indignation... pas de la passion. Ce qui devrait vous rendre parfaitement heureuse.

— Oh, je le suis déjà. Je voulais seulement vous faire bien comprendre que votre petit complot n'avait pas la moindre chance de réussite.

Elle émit un rire haut perché.

— Dieu merci, Francis préfère une approche plus franche, chez les femmes.

— Oui, j'avais cru le remarquer cet après-midi, à l'aéroport, ne put s'empêcher de rétorquer la jeune fille.

Fanny commençait vraiment à l'exaspérer.

— Je ne sais quelle fille, bien plus jeune que vous, l'accablait de minauderies et d'effusions. Comme vous le dites, il doit apprécier cette approche : il n'avait certainement pas l'air de la repousser !

Les yeux d'un bleu glacé de Fanny s'agrandirent, et toute son assurance disparut avec la rapidité d'un ballon qui se dégonfle. Avec un louable effort, elle se reprit suffisamment pour demander :

— Comment s'appelait-elle ? Ce devait être une amie de la famille.

— Je n'ai pas demandé son identité.

— Mais Francis vous a bien présentées, non ?

— Non. Je les avais vus parler, avant de découvrir qu'il s'agissait de Francis.

Fanny avait réussi à se convaincre qu'elle n'avait rien à craindre de l'inconnue de l'aéroport.

— Ainsi, s'écria-t-elle triomphalement, vous l'avouez : Francis vous attirait ! Sinon, vous ne l'auriez pas observé avant même d'avoir fait sa connaissance.

— S'il m'intéressait, c'est simplement parce qu'il représente tout ce que je déteste le plus chez un homme !

— Vraiment ? Qui essayez-vous de duper ?

— Pas moi-même, en tout cas.

— Je n'en serais pas trop sûre !

— Ça ne m'étonne pas. A votre place, je ne serais sûre de rien, moi non plus, en ce qui concerne Francis.

Fanny plissa méchamment les paupières.

— Vous aimeriez bien éveiller mes soupçons, hein ? Vous comptez là-dessus pour faciliter la réussite de votre petite intrigue, à votre mère et à vous. Eh bien, ça ne marchera pas ! Je sais trop bien ce que vous méditez !

— Alors, il n'y a rien de plus à dire.

Gaëlle haussa les épaules. Peu lui importait si l'autre la croyait ou non. Elle jeta un coup d'œil autour d'elle.

— Où est donc Francis ?

— Pourquoi voulez-vous le savoir ?

— Oh, pour l'amour du ciel ! explosa la jeune fille. N'avait-elle même pas le droit de prononcer ce nom ?

— Parce que, s'il ne revient pas tout de suite, je rentre. Voilà pourquoi !

— Il est allé prendre toutes les dispositions pour demain, consentit à révéler Fanny. Mais il pourrait bien en avoir encore pour un bon moment, ajouta-t-elle.

— Alors, je m'en vais.

Gaëlle se détacha de la barrière à laquelle elle s'appuyait.

— Et que lui dirai-je, si par hasard il prend la peine de demander pourquoi vous ne l'avez pas attendu ?

— La vérité : votre conversation m'ennuyait au-delà de toute expression ! lança la jeune fille par-dessus son épaule, avant de continuer son chemin.

Elle venait tout juste de contourner le premier bâtiment quand elle se heurta à quelqu'un qui venait de la direction opposée. Deux mains dures la prirent par les bras pour rétablir son équilibre.

— Où allez-vous si vite ? questionna Francis.

Elle se libéra sans trop de peine et rejeta la tête en arrière dans un geste de défi.

— Je rentre. Vous avez des objections ?

— En ce qui vous concerne, pas mal. Où est Fanny ?

— Elle vous attend patiemment là où vous l'avez laissée.

— La patience n'est pas l'une de vos vertus, si je comprends bien ?

— En ce qui vous concerne, non, répliqua-t-elle. Et maintenant, si vous voulez bien m'excuser...

Elle fit un pas en avant.

— Pas question !

Un bras musclé la prit par la taille, l'amena contre le mur du bâtiment, la retint prisonnière. Le regard bleu moqueur croisa le regard vert stupéfait.

— Et maintenant, qu'allez-vous faire ?

— Vous mettre les tibias en miettes, si vous ne vous écartez pas !

Il jeta un coup d'œil à ses sandales et sourit ironiquement.

— Ça m'étonnerait que vous y parveniez avec ça, mais je ne vous conseille pas d'essayer. Du moins si vous avez l'intention de vous asseoir au cours des prochains jours.

— Le genre homme des cavernes, c'est cela ?

— Il faut bien, quand on se trouve devant une gamine gâtée comme vous ! Votre mère aurait bien dû se remarier depuis des années, ne fût-ce que pour vous fournir la ferme discipline dont vous avez visiblement besoin !

— Je commence, moi aussi, à regretter qu'elle ne l'ait pas fait ! Je n'aurais au moins pas eu l'occasion de vous rencontrer ! Quant à votre *ferme discipline,* je vous suggère de la réserver à vos chevaux. Aucun homme ne m'a jamais gouvernée et ne me gouvernera jamais !

— Vous êtes sûre de ne rien oublier ? fit-il d'un ton traînant, avec un regard significatif sur le bras qui retenait la jeune fille.

— Oh, très spirituel ! Vous devez déchaîner l'hilarité dans les réunions d'éleveurs. Et que faites-vous quand on vous applaudit ?

— Je sais ce que j'ai envie de faire pour le moment !

— Quelque chose d'original, j'espère ?

Il la prit totalement au dépourvu. Une main de fer lui saisit le menton, ses lèvres tendres furent écrasées sous celles de Francis, en un baiser qui lui coupa le souffle et déchaîna en elle un tumulte sans précédent.

Affolée, elle voulut rompre ce contact bouleversant. Pour la première fois, sa tête, en un pareil moment, avait perdu tout contrôle sur ses réactions, et elle s'en voulait cruellement d'avoir laissé cet homme, entre tous, tromper sa vigilance, même momentanément.

— Vous... vous... Ne vous avisez pas de recommencer ! lui jeta-t-elle quand elle put enfin parler. Aucun homme ne m'embrasse contre mon gré !

Sans quitter des yeux son visage furieux, il eut un sourire moqueur.

— Dans ce cas, vous avez eu ce que vous vouliez.

— Quoi ?

— Quelque chose d'original, lui rappela t-il.

D'un geste insultant, elle se passa le dos de la main sur les lèvres.

— Je n'avais pas demandé quelque chose de répugnant.

Un lent sourire se dessina sur la bouche bien modelée

qui, malheureusement, hypnotisait en quelque sorte la jeune fille.

— Je n'avais pas eu cette impression. A mon avis, c'était plutôt votre propre réponse qui vous révoltait.

— Ne vous flattez pas ! riposta-t-elle, non sans un certain embarras. J'ai été embrassée par des hommes qui vous valaient cent fois et je suis restée de marbre !

— Tiens donc ! Mais, apparemment, c'était vous qui meniez le jeu. Dommage qu'ils n'aient pas pris l'initiative : ils auraient pu découvrir, eux aussi, la fragilité de cette façade d'indifférence dont vous êtes si fière.

— Ce n'est pas une façade, c'est une vraie muraille !

— Croyez-vous ? fit-il en riant. Elle était bien crevassée, votre muraille, tout à l'heure.

— Vous me rassurez plutôt : j'ai pour habitude de ne jamais croire les affirmations des hommes de votre sorte.

— En d'autres termes, vous aimez mieux vous aveugler que regarder la vérité en face ! A cet égard, vous devez tenir de votre père, d'après les confidences de Thérèse.

Jamais encore on n'avait comparé Gaëlle à ce père irresponsable, et, du coup, l'accusation de Francis la réduisit à un silence misérable. Ses lèvres tremblaient. Soudain, profitant d'un moment d'inattention, elle s'arracha aux mains de son adversaire.

— C'est un mensonge ! protesta-t-elle avec véhémence. Je ne lui ressemble absolument pas... *absolument pas !* Vous m'entendez ?

Elle fit volte-face et s'élança vers la maison.

— Gaëlle !

La voix de Francis, derrière elle, exprimait un mélange de surprise et d'impatience. Mais elle ne se retourna pas, ne s'arrêta pas. Elle avait un unique désir : gagner sans être vue le refuge de sa chambre afin de retrouver son sang-froid.

Et ce n'était pas seulement la dernière accusation de Francis qui l'avait bouleversée, elle en prenait conscience avec inquiétude.

4

Le lendemain matin, après le petit déjeuner, Gaëlle découvrit que sa mère et Laurent avaient décidé de ne pas accompagner le groupe des jeunes gens jusqu'à la vallée. En quittant la salle à manger avec Thérèse, elle s'efforça de la faire changer d'avis.

— Je m'attendais naturellement à t'avoir avec nous, et Laurent aussi. Tu n'as pas encore vu la vallée, n'est-ce pas ?

— Non, mais j'aurai sûrement bien d'autres occasions.

— Pourquoi pas maintenant, pendant que je suis ici ?

Thérèse exhala un soupir de regret.

— D'abord, j'ai l'intention de joindre Alex. Par ailleurs, Laurent attend, de son côté, certains appels importants.

— Alors, pourquoi ne pas en avoir parlé, quand il a été question de cette expédition ?

— Il ne m'était pas venu à l'idée que tu comptais sur notre présence.

— Roselyne avait bien parlé de « nous tous ».

— Je sais, ma chérie, mais elle pensait seulement à votre groupe de jeunes. D'ailleurs, ajouta Thérèse en riant, je ne vois pas pourquoi notre absence te bouleverse à ce point. Tu n'as pas besoin de chaperons, tout de même ?

Elle gratifia sa fille d'un coup d'œil ironique.

— Ou bien es-tu contrariée de ne pas pouvoir me surveiller ?

— Mais non, voyons ! protesta Gaëlle.

Pourtant, se dit-elle, la remarque de sa mère à propos de chaperons était peut-être plus près de la vérité qu'elle-même ne l'aurait souhaité, ou que Thérèse ne le pensait. Elle n'avait vraiment pas envie de passer la journée en compagnie de Francis, même si les trois autres étaient avec eux...

— Je... tu comprends... Roselyne m'a vanté la beauté de cet endroit... J'aurais bien aimé le voir avec toi, acheva-t-elle gauchement.

— Si nous n'avions pas été aussi occupés, Laurent et moi, j'en aurais été heureuse, moi aussi, répondit sa mère avec un sourire apaisant. En tout cas, tu vas faire une expérience intéressante pour commencer ton séjour.

— Je ne suis pas en vacances, déclara Gaëlle.

— Je le sais très bien, fit sa mère d'un ton plus net. Mais ça ne doit pas t'empêcher, au moins pour me faire plaisir, de te comporter comme si ce jour t'était agréable, n'est-ce pas ? Tu sais, tu n'as pas précisément cherché à te montrer aimable, depuis ton arrivée. Hier soir, au dîner, tu as à peine adressé la parole à Fanny et tu as passé ton temps à fusiller du regard ce pauvre Francis. Dieu seul sait ce qu'ils ont pu faire pour mériter un tel traitement !

La jeune fille, avec une grimace sarcastique, entreprit d'éclairer Thérèse, sommairement.

— Désolée, mais les airs hautains de Fanny ne me plaisent pas, et je juge préférable de lui adresser la parole le moins possible. Quant à Francis...

Elle reprit son souffle pour se calmer.

— ... je dirai une seule chose : dès notre première rencontre, nous ne nous sommes pas accordés. Il est arrogant, égocentrique... et il a eu l'audace de m'accuser de ressembler à mon père ! explosa-t-elle malgré elle.

Elle se plaqua les mains sur les hanches pour ajouter avec amertume :

— Bon Dieu, que peut-il en savoir ?

— Gaëlle ! fit sa mère d'un ton de reproche, devant le langage de sa fille. A la rigueur, continua-t-elle, j'admets tes sentiments en ce qui concerne Fanny : moi-même, je ne la trouve pas très attirante. Mais c'est une amie de Roselyne, et, à mon avis, tu pourrais faire un peu plus d'efforts pour dissimuler ton antipathie.

— Et Francis ? demanda Gaëlle d'un ton sardonique.

Thérèse pinça les lèvres, avant de se permettre une moue un peu moqueuse.

— Que pourrais-je bien dire, après cette explosion ? A mes yeux, tu le sais, c'est un charmeur...

— Oh, pour ça, oui !

Sa mère ignora l'interruption.

— En ce qui concerne sa réflexion, à propos de ta ressemblance avec ton père...

— Je suis, paraît-il, aussi superficielle que lui !

— Oh, ma chérie, il t'a vraiment dit ça ?

Thérèse soupira, secoua la tête.

— Peut-être pas littéralement, mais c'était bien le sens de sa remarque, affirma Gaëlle.

— Pourquoi ? Qu'avais-tu donc fait ?

La jeune fille se remémora ses propres paroles et ce qui l'avait poussée à les prononcer, mais elle écarta aussitôt ce souvenir de son esprit. Elle ne tenait pas à révéler certaines choses, même à sa mère !

— Je... je ne m'en souviens plus. Mais, de toute façon, il avait tort !

Son regard, fixé sur Thérèse, perdit de son assurance.

— N'est-ce pas ?

— En t'attribuant le caractère frivole de ton père ? Oui, naturellement, mon ange. Pourtant, que l'idée te plaise ou non, tu lui ressembles par certains côtés, je le crains.

— Tu ne me l'avais jamais dit ! gémit Gaëlle.

— Je n'en avais encore jamais eu l'occasion. Qui plus est, tu t'es toujours montrée prête à critiquer ton père.

— Mais toi aussi !

— Pas tout à fait autant. J'étais au moins disposée à reconnaître que personne n'est parfait, à pardonner à Evan ses faiblesses.

Elle sourit un peu tristement.

— Si je considère le résultat, je n'ai pas dû être moi-même au-dessus de tout reproche.

— De quelle manière ?

— En condamnant ouvertement Evan en ta présence, lorsque tu étais très jeune, impressionnable. Et j'ai encore aggravé mon erreur, quand tu as grandi, en te laissant continuer à le juger aussi sévèrement.

— Tu n'aurais probablement pas pu m'en empêcher. En grandissant, justement, j'ai compris moi-même la vérité. On ne peut pas se fier à un homme !

— C'est justement ce qui te trompe, insista Thérèse. Les hommes ne sont pas tous les mêmes, contrairement à ce que tu crois.

— Ah non ?

Gaëlle lui lança un coup d'œil cynique. Après quoi, elle haussa les épaules.

— C'est vrai, tu dois avoir raison. Certains sont encore pires que les autres...

— Oh, Gaëlle !

Sa mère se mordit les lèvres.

— Comment ai-je pu imaginer que tu finirais par oublier tes réactions d'enfant ? Quand tu atteindrais l'âge de fréquenter des garçons, me disais-je, tu aurais vite fait de comprendre ton erreur. Mais, je ne sais pourquoi, c'est l'inverse qui s'est produit. Plus il y avait d'hommes autour de toi, plus ton opinion à leur propos devenait défavorable !

— J'attire peut-être uniquement les indésirables.

— Voyons, ce charmant...

— Non, maman, pas de réminiscences. Si vraiment je ressemble à mon père, comme tu viens de m'en informer, j'ai déjà bien assez de problèmes sans ressusciter les anciens.

— Tu devrais être heureuse de lui ressembler par certains côtés, dit Thérèse, doucement.

Elle tapota tendrement la joue de la jeune fille.

— D'où te vient, à ton avis, cette merveilleuse structure de visage ?

— Mais physiquement, je te ressemble !

Elle contemplait la chevelure auburn de sa mère. Instinctivement, elle leva la main vers ses propres cheveux cuivrés.

— Pas tout à fait, reprit Thérèse. Je possède peut-être des traits réguliers mais je connais mes limites, ma chérie : je n'ai jamais été une vraie beauté ! Non, le modelé de ton visage te vient de ton père, pas de moi.

Gaëlle n'avait jamais vu de bonne photo de son père : en un moment de rancœur, après l'abandon d'Evan, sa mère avait tout jeté, sauf quelques clichés assez flous. La jeune fille n'était donc pas en mesure de discuter ces surprenantes affirmations.

— Très bien, dit-elle, assez de révélations pour aujourd'hui. Si nous parlions d'autre chose ?

Elle se rappela les paroles de Francis et fit une grimace sardonique.

— Ou bien suis-je encore en train de refuser de regarder la vérité en face ?

Thérèse ébaucha un haussement d'épaules incertain mais elle n'eut pas le temps de répondre : Roselyne apparut au seuil de la véranda.

— Vous êtes prête, Gaëlle ? demanda-t-elle. La Land Rover est presque chargée.

— Je vous rejoins !... Tu ne veux vraiment pas venir ? demanda la jeune fille à sa mère.

— Pas cette fois, mon petit. Je regrette.

Avec un soupir, Gaëlle se résigna.

— Très bien. Je te verrai à notre retour.

— D'accord, mais, en attendant...

Thérèse lui adressa un sourire persuasif.

— ... essaie de t'amuser, Gaëlle, veux-tu, et... ne juge pas trop vite les gens.

La jeune fille répondit de son mieux.

— Je ne peux rien te promettre ; j'essaierai.

Sa mère ne pouvait guère en demander davantage. Elle accompagna Gaëlle dans sa chambre, pour y prendre le sac fourre-tout préparé la veille. Elle sortit ensuite avec elle sur la véranda et fit des gestes d'adieu aux promeneurs.

L'arrière du véhicule était occupé par tout un équipement, remarqua la jeune fille en s'installant près de Roselyne. Des cordes, des pièces de harnais ; des pneus de secours et une caisse d'éléments de rechange pour le moteur ; une machette, une hache et deux carabines ; un bidon d'essence ; deux sacoches de selle bourrées à craquer et deux fourre-tout semblables au sien, qui devaient appartenir à Roselyne et à Fanny ; trois grands bidons en matière plastique, remplis d'eau potable, et une trousse de première urgence ; deux petites glacières ; enfin, un couple de chiens de berger, docilement couchés derrière le siège avant.

— Nous sommes prêtes à tout, je vois, fit Gaëlle en riant.

— Il faut toujours l'être, par ici : on ne sait jamais ce qui peut arriver, une fois dans la brousse.

— Et les chiens ? Vous les emmenez toujours, eux aussi ?

— Quand c'est possible, oui. Ils nous font gagner un temps précieux, quand nous rassemblons des bêtes, et ils rendent bien d'autres services.

— Par exemple ?

— Dans les pique-niques, entre autres. Rien ne trouble l'atmosphère comme une saleté de serpent qui rampe hors des buissons ; mais eux, précisa-t-elle avec un geste vers les chiens, ils flairent les serpents longtemps avant de les voir.

Gaëlle se retourna pour caresser à tour de rôle les deux animaux.

— Bonnes bêtes !

Roselyne passa sans s'arrêter devant les paddocks.

— Les autres sont partis depuis un quart d'heure. Ils ont l'intention de franchir cette crête, là-bas, à droite. C'est un raccourci. Nous les rejoindrons sans doute à l'entrée de la vallée.

La jeune fille hocha la tête, pourtant une idée la tracassait.

— Mais, si la vallée est tellement belle, pourquoi a-t-on reconstruit la maison ailleurs ?

— Quand la famille est arrivée dans cette région, à la fin du siècle dernier, personne ne savait quelle quantité d'eau peut tomber à la saison des pluies : à cette époque, les rivières, les cours d'eau, les lagunes débordent et forment des lacs immenses qui recouvrent des centaines de kilomètres carrés. Chaque été, invariablement, l'ancienne maison était assaillie par l'inondation, quand encore celle-ci n'envahissait pas l'intérieur. Quand mon grand-père a décidé qu'il lui fallait plus de place — il avait treize enfants —, au lieu d'agrandir sa demeure, il a préféré la reconstruire ailleurs, là où les eaux ne pouvaient l'atteindre.

Après cela, les deux jeunes femmes conversèrent à bâtons rompus : Roselyne signalait les endroits remarquables, et Gaëlle contemplait avec intérêt le paysage tropical. Sa mère avait au moins raison sur un point, se disait-elle : la région présentait des possibilités infinies pour observer les animaux sauvages dans leur cadre naturel. Il y avait des oiseaux de toutes sortes : des cacatoès noirs à queue rouge, des cigognes d'une taille impressionnante, des oies sauvages, des mellivores à tête bleue, des ibis, des perroquets aux couleurs éclatantes.

Le terrain était tout aussi peuplé. Certaines termitières atteignaient des hauteurs incroyables, avec le côté où l'on gardait les œufs tourné vers le nord, afin de les maintenir au frais ; il y avait des kangourous, des wallabies, des émeus, et, sur la berge sableuse d'un bras-mort, elles passèrent devant deux crocodiles au museau allongé qui se prélassaient au soleil du matin.

— Il n'y en a pas là où nous allons, j'espère, remarqua Gaëlle, en réprimant un frisson.

— Non. De toute manière, les crocodiles d'eau douce, comme ceux-ci, sont relativement inoffensifs. Pas comme ceux qui se rencontrent le long de la côte. Ils sont beaucoup plus gros et, depuis qu'une loi en a interdit la chasse, voici une dizaine d'années, ils ont à peu près perdu toute crainte de l'homme. Ils causent maintenant pas mal d'inquiétude : ils se multiplient à une allure record et se répandent dans tous les cours d'eau du nord ; en plus, ils attaquent sans provocation.

— Charmantes créatures !

Cette fois, Gaëlle frissonna ouvertement.

— Ceux-ci ne sont pas de la même espèce, vous en êtes sûre ?

— Absolument sûre ! Ils sont faciles à distinguer : ils sont beaucoup plus petits, ils ont un long museau pointu. Les autres ont la tête plus large, le museau court.

— Je tâcherai de m'en souvenir.

Elles arrivaient maintenant dans une région plus boisée où rivalisaient toutes les essences d'arbres ; les lagunes se couvraient de lotus roses et de nénuphars bleus, mauves, blancs. Sur leurs rives, Gaëlle vit pour la première fois du bétail en train de paître ; les larges dos bossus trahissaient l'origine brahmane. Sur leur gauche, deux chevaux sauvages — des brumbies — firent soudain leur apparition, dérangèrent momentanément les bœufs, avant de prendre peur à leur tour en entendant la Land Rover ; ils disparurent dans la brousse, aussi vite qu'ils en étaient sortis.

Brusquement, la piste décrivit un virage serré et, à la surprise de la jeune fille, gravit un petit éperon rocheux qui se faufilait entre deux crêtes, pour redescendre en pente douce vers une vallée verdoyante.

— La Vallée des Lagunes, annonça Roselyne, en arrêtant le véhicule au sommet de l'éperon. Qu'en pensez-vous ?

— C'est absolument magnifique, soupira Gaëlle.

Protégées sur deux côtés par des étendues de grès rouge, des pâtures fertiles alternaient avec des endroits couverts d'une végétation tropicale. Sur des kilomètres, les lagunes scintillantes se succédaient jusqu'à l'horizon noyé de brume bleue.

— Rien d'étonnant si vous ne voulez pas voir les buffles abîmer un tel paradis.

— Ce serait dommage, non ? Vous aimeriez vous promener un peu ? Nous sommes en avance sur les autres, semble-t-il. Autant les attendre ici.

— Volontiers.

Gaëlle ouvrit sa portière. Si elle devait passer toute une journée avec Francis et Fanny, autant valait commencer dans un paysage apaisant.

Mais elles venaient tout juste de descendre de voiture quand elles entendirent derrière elles un bruit de galop. Malgré elle, la jeune fille se tendit en voyant, deux minutes après, les silhouettes des trois autres se détacher au sommet de la crête. Roselyne eut un joyeux sourire.

— Nous ne vous avons pas vus, de l'autre côté. Vous ne deviez pas être bien loin derrière nous.

— C'est vrai, confirma Bernard. Nous vous avons aperçues et nous avons appelé mais nous étions parmi les arbres, vous n'avez pas dû nous entendre.

Fanny, les deux mains posées sur le pommeau de sa selle, intervint.

— C'est une randonnée magnifique, soupira-t-elle. Vous devriez essayer, un jour, Gaëlle... Oh, j'oubliais, corrigea-t-elle d'un air supérieur : vous ne montez pas très bien, n'est-ce pas ?

— Non, pas particulièrement. Et je suis avant tout une citadine : je préfère la voiture au cheval.

— Vous aimez mieux vivre en ville ? fit l'autre, d'un ton incrédule.

— Exactement. Je ne suis pas la seule, d'ailleurs : nous sommes nombreuses à n'avoir jamais éprouvé le désir d'habiter ailleurs.

Fanny parut prendre cette réponse comme un affront personnel.

— Alors, si vous détestez la brousse, pourquoi nous avoir accompagnés aujourd'hui ?

— Je ne déteste pas la brousse, rectifia patiemment Gaëlle. J'ai trouvé cette excursion très intéressante, en fait. Mais je n'aurais aucune envie d'habiter cette région.

Jusque-là silencieux, Francis fit avancer sa monture.

— Si vous avez fini, toutes les deux, nous pourrions peut-être entrer dans la vallée ?

— Bien sûr.

Fanny, habilement, amena son palomino à la hauteur du cheval du jeune homme. Gaëlle, plus lentement, revint vers la voiture. Ses yeux suivaient d'un regard morne les trois cavaliers. Pourquoi ce ton brusquement satirique ? se demandait-elle. Elle n'avait rien dit de choquant... Ou bien, de l'avis de Francis, qui préférait vivre dans l'Intérieur, tout le monde devait-il avoir la même opinion ? Elle s'installa dans la Land Rover et chassa délibérément cette idée de son esprit. Pourquoi s'en soucierait-elle, de toute façon ? Jamais ils ne seraient d'accord sur aucun sujet, c'était une évidence depuis le premier moment de leur rencontre.

L'ancienne demeure se situait à peu près au tiers de la longueur de la vallée. Quand la Land Rover s'arrêta devant les ruines, la jeune fille comprit pourquoi les premiers Montgomery avaient choisi le site. Près de la maison, le petit lac thermal, bordé de palmiers, avec son eau cristalline et son fond sableux, était un délice pour les yeux. Derrière, une succession de lagunes couvertes de lotus formaient une chaîne rose et bleue ; elles paraissaient bien tranquilles, sur le fond vert émeraude de la végétation tropicale, et il était presque impossible d'imaginer qu'elles pouvaient devenir un danger.

On entreprit d'abord de décharger de la Land Rover tout le nécessaire pour le pique-nique. Après quoi,

Fanny sortit son fourre-tout du véhicule et se dirigea vers la maison.

— Je vais me baigner, annonça-t-elle. Et toi, Rosy ?

— Je suis d'accord, répondit son amie avec le même enthousiasme.

Elle se tourna vers son mari et son frère.

— Vous deux, vous voulez sans doute aller à la recherche des buffles ?

— Nous sommes là pour ça, répondit Francis, qui se préparait à se remettre en selle.

Bernard, lui, hésitait ; il regarda Gaëlle.

— Pourquoi ne pas nous accompagner ? proposa-t-il amicalement. Prince est docile, même pour une débutante, ajouta-t-il en indiquant le palomino, et le chemin n'est pas difficile.

Prise au dépourvu, elle le dévisagea d'un air surpris. Elle s'agaça ensuite de sentir son regard se diriger vers Francis, comme pour quêter son approbation. Mais elle rencontra seulement une expression moqueuse et se retourna vers Bernard.

Pendant ce temps, Fanny s'était arrêtée net et revenait rapidement sur ses pas.

— Oh, si j'avais su... commença-t-elle.

— Va donc nager, coupa Bernard d'un ton catégorique. Tu n'as pas cessé d'en parler, durant tout le trajet.

Il se retourna vers la jeune fille.

— Alors, Gaëlle, qu'en dites-vous ?

— Je... C'est très gentil à vous, mais je...

— Pas assez de courage, hein ?

Un seul homme était capable de ce genre de remarque désobligeante, et elle fit volte-face avec colère.

— Ça n'a rien à voir !

Elle ne comprenait vraiment pas pourquoi il tenait à ce qu'elle les accompagne. Ou peut-être espérait-il qu'elle se ridiculiserait ?

— Si Fanny préfère aller avec vous...

— Non. Fanny préfère se baigner.

Cette fois, c'était Francis qui refusait la présence de

la jeune fille blonde. Il se pencha pour détacher le palomino, tendit les rênes à Gaëlle.

— En conséquence, si ce n'est pas la peur qui vous arrête...

A l'entendre, elle le craignait, lui ! Dans son désir de lui montrer à quel point il se trompait, elle lui arracha presque les rênes des mains, se mit en selle.

— Oh, il vous faut un chapeau ! s'écria Roselyne, au moment où ils allaient partir.

Elle retourna rapidement vers la Land Rover, revint avec un couvre-chef.

— C'est celui de Fanny. Elle n'en aura pas besoin.

— Mais je... protesta aussitôt son amie.

— Ça ne te contrarie pas, je pense ? dit Roselyne avec un regard stupéfait.

L'autre eut au moins la grâce de rougir.

— Euh... non, bien sûr.

Elle parvint à ébaucher un sourire : son amie lui avait rendu tout refus impossible. Pourtant, elle ne put s'empêcher d'ajouter :

— Mais qu'elle y fasse bien attention : il est presque neuf ; je ne voudrais pas le retrouver abîmé !

— Oh, elle en prendra le plus grand soin, j'en suis sûre ; n'est-ce pas, Gaëlle ?

Souriante, elle tendait à la jeune fille le chapeau à large bord.

Gaëlle l'enfonça sur ses cheveux cuivrés.

— Je le défendrai avec ma vie, s'il le faut ! jura-t-elle avec un sourire ironique.

— Combien de temps pensez-vous être absents ? demanda Roselyne à son mari.

— Le reste de la matinée, probablement.

— Si longtemps ? gémit Fanny. Vous avez dit en chemin que ce serait vite fait.

Bernard eut un haussement d'épaules.

— Quand on a l'habitude de passer en selle des journées entières, quelques heures ne comptent pas.

Fanny lui accorda un regard glacial et serra les dents. Elle tourna les talons, s'éloigna vers la maison.

— Tu es capable, par moments, de te conduire comme une brute, mon chéri, déclara Roselyne.

— Oui, je sais, acquiesça-t-il sans la moindre trace de remords.

Il se pencha pour poser un baiser léger sur le front de sa femme.

— Mais j'ai peine à supporter Fanny plus d'un petit moment à la fois.

Gaëlle n'entendit pas la réponse de Roselyne. Elle réfléchissait à la déclaration de Bernard : ainsi, lui non plus n'aimait pas beaucoup l'amie de sa femme ! Entre ses cils, elle jeta un coup d'œil vers Francis, pour voir comment il accueillait cette révélation. Devant son beau visage impassible, elle eut une moue méprisante. Non, naturellement, il ne se souciait pas de l'opinion de son beau-frère sur Fanny : la jeune fille avait beau essayer de se persuader du contraire, il n'était pas amoureux d'elle. Elle servait de support à son égocentrisme, voilà tout... comme la fille de l'aéroport !

Une autre idée lui vint. Bernard lui avait peut-être proposé de les accompagner pour s'assurer que Fanny n'irait pas avec eux. Elle se tourna vers le mari de Roselyne.

— Puisque Fanny a... définitivement décidé de se baigner, vous préféreriez peut-être rester seul avec Francis ? proposa-t-elle.

Il saisit aussitôt son raisonnement.

— Ne faites pas la sotte, dit-il gentiment. J'ai simplement pensé que vous aimeriez voir pour la première fois les buffles dans leur habitat naturel, au lieu d'attendre le moment où on les rassemblera et où ils galoperont dans tous les sens.

— Je comprends. Oui, vous avez raison, répondit-elle avec un sourire de gratitude.

— Alors, partons.

Sans réfléchir, il assena une tape sur la croupe du cheval, et Prince s'élança aussitôt. Du coup, Gaëlle se demanda si elle allait être désarçonnée avant même d'être vraiment partie. Elle parvint néanmoins à retrouver son assiette.

— A tout à l'heure, pour déjeuner ! cria Bernard à Roselyne.

Ils partirent au petit galop, suivis par l'un des chiens ; l'autre, docile mais abattu, avait reçu l'ordre de rester près de la voiture.

Gaëlle n'avait pas monté depuis un certain temps, et il lui fallut un moment pour se détendre. Mais, comme l'avait dit Bernard, la piste était facile, et Prince se montrait paisible ; elle retrouva bientôt son sang-froid.

A mi-chemin de la vallée, ils se mirent au pas. De chaque côté de la piste, les deux hommes s'enfoncèrent dans l'herbe jusqu'au ventre ; leurs regards exercés discernaient déjà des signes qui demeuraient invisibles pour la jeune fille. Le premier, Francis repéra des buffles ; un doigt sur ses lèvres, il fit signe à Gaëlle de venir le rejoindre.

— Là-bas, devant nous.

Il lui désignait un trou d'eau, à une centaine de mètres de distance.

La jeune fille mit un instant à distinguer les animaux de leur environnement, mais un mouvement lui permit de voir les bêtes au pelage gris, aux cornes massives, à demi submergées par la boue, au bord du trou d'eau.

— C'est eux qui ont transformé la berge en fondrière ? demanda-t-elle en fronçant les sourcils.

Le spectacle n'avait rien d'attirant, après toutes les magnifiques lagunes devant lesquelles ils étaient passés.

— Oui, et si on les laisse ici, ça ne fera que croître et embellir.

— Ce serait tragique, soupira-t-elle.

Elle eut un mouvement pour regagner la piste.

— En tout cas, merci de me les avoir montrés.

— Attendez !

Francis saisit les rênes.

— Vous feriez bien de rester avec moi. Ce sera plus sûr.

— Plus sûr pour qui ? riposta-t-elle involontairement.

Un sourire se dessina lentement sur les lèvres bien modelées, et, sans comprendre pourquoi, elle sentit son cœur battre plus vite.

— Croyez-moi ou non, pour vous, ma douce, fit-il d'un ton moqueur. Je ne m'attendais pas à jouir de votre compagnie et je n'ai pas pris de carabine.

— En quoi ma présence peut-elle faire une différence ? Ou bien est-ce sur moi que vous aimeriez tirer ?

— Ne me mettez pas d'idées en tête !... La différence, la voici, pousuivit-il plus gravement : de toute évidence, vous ne possédez pas une expérience de cavalière suffisante pour vous tirer d'affaire, le cas échéant.

— Dans quelles circonstances, par exemple ?

— Ces animaux ont la déplorable habitude de charger quand on les dérange.

La perspective n'avait rien d'encourageant, elle dut l'admettre.

— Ça n'avait pas l'air de vous tracasser quand vous m'avez presque obligée à vous accompagner.

— Probablement parce que je n'ai pas l'intention de les déranger mais seulement de les compter, dit-il d'un ton traînant, en se remettant en marche.

— Bravo ! Mais moi ? demanda-t-elle au large dos qui la précédait.

— Je ne vous conseille pas de les déranger, vous non plus.

— Et, si je peux me permettre une question, comment dois-je faire pour éviter ça ?

— Ne vous éloignez pas et faites ce qu'on vous dit, répliqua-t-il fermement. Ce sera déjà une nouveauté pour vous.

— En ce qui vous concerne, ce sera une expérience unique, je vous le promets !

Même en de telles circonstances, elle répugnait à obéir à cet homme.

— Alors, je vous conseille de commencer par vous

taire. Venez par ici, ajouta-t-il en lui indiquant le côté gauche de son cheval. Pour vous tenir hors de la ligne de tir, en quelque sorte. Thérèse, j'en suis sûr, ne me pardonnerait jamais s'il arrivait quelque chose à sa précieuse petite enfant.

Elle obéit, non sans lui jeter un regard vert flamboyant.

— Votre galanterie me confond ! Mais n'auriez-vous pas intérêt à garder le silence, vous aussi ? Ou bien *votre* voix ne dérange-t-elle pas les buffles ? demanda-t-elle d'un ton mielleux.

Le conseil avait sans doute du bon : Francis regarda la jeune fille d'un air fort expressif mais ne reprit pas la parole avant d'avoir dépassé le groupe d'animaux.

— Que pensez-vous du mariage entre Thérèse et mon père, maintenant que vous les avez vus ensemble ? questionna-t-il à l'improviste.

— Je suis toujours contre !

— Voyons, même avec vos idées préconçues, vous devez bien constater à quel point ils sont heureux ensemble ! dit-il d'une voix sourde, maîtrisée à grand-peine.

— Je ne me soucie pas du moment présent ! répliqua-t-elle. Ce qui m'inquiète, c'est ce qui se passera dans six mois ou dans six ans ! Seront-ils encore heureux, alors ?

— Le seul moyen de le savoir, c'est d'essayer !

Les yeux d'un bleu métallique la dévisageaient d'un air moqueur.

— Leur conseilleriez-vous d'attendre longtemps avant de prendre une décision ?

— Ce serait en tout cas plus raisonnable que de se jeter à l'eau comme ils le font ! D'ailleurs, ajouta-t-elle, les paupières plissées, où est votre intérêt dans cette histoire ? Pourquoi êtes-vous si pressé de les voir se marier ?

La mâchoire de Francis se contracta durement, ses lèvres prirent un pli sévère.

— Je n'ai aucun intérêt dans cette histoire, comme

vous le dites si joliment, gronda-t-il entre ses dents. Je suis simplement capable de reconnaître deux êtres solitaires qui sont non seulement parfaitement compatibles mais qui ont aussi l'un pour l'autre un respect sincère.

— Après deux semaines ? railla-t-elle, le menton haut levé en une attitude dédaigneuse.

— Un seul jour est parfois suffisant !

— Mais oui, bien sûr ! Ma mère l'a cru, en rencontrant mon père. Voyez où ça l'a menée !

— Elle... ou vous ? demanda-t-il avec mépris.

Gaëlle, indignée, respirait difficilement.

— Que voulez-vous dire exactement ?

— Apparemment, vous êtes la seule à tenir rigueur à votre père pour la brièveté de son union avec Thérèse. Vous vous souciez, semble-t-il, de vos propres sentiments plus que de ceux de votre mère !

— Ce n'est pas vrai ! protesta-t-elle. Vous tenez à découvrir des reproches à me faire parce que je me refuse à tomber d'accord avec vous ! Mais, puisque nous sommes sur ce sujet, qui vous rend assez compétent pour juger si ma mère se sent seule ou non ?

— Je prends peut-être la peine de prêter attention à ses sentiments. Vous devriez essayer, un de ces jours, au lieu de vous mettre sans cesse en avant !

— Vous répétez toujours la même chose !

Comment osait-il insinuer qu'elle ne prêtait jamais attention aux sentiments de sa mère ? C'était justement pour protéger celle-ci qu'elle était venue à Munda-munda.

— Et ne vous attendez surtout pas à me voir passer toute la matinée à vous écouter seriner vos critiques : je rentre !

— Oh, mais non ! Vous restez ici, déclara-t-il avec arrogance.

Il tendit la main vers la bride du cheval, au moment où Gaëlle faisait virer la bête.

— Ça, c'est votre idée !

Furieuse, elle lui frappa sur la main. Immédiatement, son poignet fut emprisonné dans une étreinte de fer.

Trop exaspérée pour se rendre compte qu'elle livrait une bataille perdue d'avance, elle lâcha les rênes pour renouveler son attaque avec l'autre main. Mais elle parvint seulement à assener sur le bras de Francis un coup sans grande violence. Au même instant, Prince fit en avant quelques pas hésitants.

La jeune fille était déjà fortement penchée de côté, et l'écart entre les deux chevaux allait s'élargissant. Le résultat était donc prévisible. Sur un cri étouffé, Gaëlle se sentit glisser ignominieusement de sa selle et, avec un choc brutal, se retrouva assise dans la poussière.

Elle leva des yeux furieux vers son compagnon qui ne cachait pas son amusement.

— Naturellement, vous m'avez lâchée au bon moment ! s'écria-t-elle d'un ton accusateur.

— Si je ne l'avais pas fait, vous vous seriez sans doute cassé le bras ou disloqué l'épaule. En fin de compte, seule votre dignité est blessée.

La jeune fille n'en était pas absolument certaine. Une partie de son anatomie était particulièrement endolorie, découvrit-elle lorsqu'elle se releva. Et elle n'était pas d'humeur à accepter d'explications, fût-ce la plus logique.

— Vous auriez pu faire un effort pour me venir en aide, dit-elle avec rancœur.

Elle regardait autour d'elle, à la recherche de son chapeau qui était tombé dans sa chute.

— Ou bien était-ce trop vous demander ?

Francis n'eut pas le temps de répondre. Elle venait de découvrir le chapeau, consciencieusement piétiné par les sabots de Prince. Elle se précipita, avec un gémissement de désespoir.

— Oh, regardez ça ! Il est fichu, maintenant ! Fanny ne me pardonnera jamais... Elle m'accusera sans doute de l'avoir fait exprès.

Elle essayait de redonner au feutre cabossé un semblant de forme.

— Ça, elle ne sera certainement pas contente !

Le rire qui accompagnait la remarque ne fit rien pour apaiser la colère de Gaëlle.

Elle se coiffa vigoureusement du malheureux couvre-chef et se remit en selle.

— C'est votre faute, naturellement, vous vous en rendez compte ! Si vous m'aviez laissée partir, comme je voulais le faire, le chapeau de Fanny serait encore comme neuf.

— Il le serait aussi, si, pour une fois, vous aviez consenti à obéir, riposta Francis, avec un amusement un peu acide. Et maintenant, en route : Bernard va se demander ce qui nous est arrivé.

Elle avait voulu le défier, mais l'unique résultat avait été sa propre mortification. D'un air maussade, en silence, elle poussa sa monture en avant. Francis avait peut-être gagné la première bataille, elle devait, à regret, l'admettre. Mais il n'avait pas pour autant gagné la guerre. Et il ne la gagnerait pas ! se promit-elle résolument.

5

— Au nom du ciel, qu'avez-vous fait à mon chapeau ?

La voix indignée de Fanny fut la première à les accueillir quand ils revinrent à l'heure du déjeuner.

Gaëlle mit pied à terre et regarda la propriétaire du chapeau d'un air de sincère regret.

— Je suis absolument désolée, mais... il est tombé, et Prince a marché dessus. Je vous en offrirai un autre, naturellement !

— Je l'espère bien ! Et surtout pas d'une qualité inférieure, précisa Fanny d'un air méprisant. Il m'a coûté très cher, sachez-le. Et que vais-je porter en attendant ? Je n'ai pas l'intention de renoncer à mes principes d'élégance à cause de votre négligence.

— Voyons, Fanny, Gaëlle ne l'a pas fait exprès, j'en suis sûre, intervint Roselyne. Si tu veux, je te prêterai l'un des miens pour le reste de ton séjour.

Son amie accepta la proposition à contrecœur.

— Ça vaudra toujours mieux que de porter ce chiffon... Je ne comprends pas, reprit-elle à l'adresse de Gaëlle, comment il a pu tomber, si vous l'aviez convenablement assujetti. La route n'est pas difficile, et il n'y avait pas de vent.

Trop consciente de la présence des deux hommes derrière elle, la jeune fille se refusait à regarder dans leur direction — dans celle de Francis, à tout le moins. Elle haussa les épaules.

— Il est tombé quand je suis tombée, révéla-t-elle en grimaçant un sourire.

Inutile de vouloir garder le secret : Francis devait mourir d'envie de les régaler tous du récit de l'accident.

— Vous êtes tombée ! se récria Fanny avec un plaisir évident. Vous devez vraiment être une bien mauvaise cavalière, si vous êtes incapable de vous tenir en selle en terrain plat.

— Je n'étais pas au courant de cette chute, coupa Bernard, deux plis de surprise entre les sourcils.

— Ça... ça s'est produit pendant que j'étais avec Francis... après notre séparation, commença la jeune fille, un peu gênée.

Sur quoi, elle reçut un coup d'œil malveillant de la part de la blonde.

— Je... reprit Gaëlle.

— Elle s'est penchée, Prince a fait un mouvement inattendu... et le reste va de soi, acheva Francis brièvement.

Il s'était abstenu de fournir des détails ; la jeune fille n'en revenait pas.

La lèvre supérieure de Fanny se retroussa dans une grimace méprisante.

— Je le disais bien : vous devez être la pire des maladroites.

Bernard vint à la défense de Gaëlle.

— Je ne suis pas de ton avis. Avec un peu de pratique, elle deviendrait rapidement ton égale, je crois.

La blonde renifla dédaigneusement.

— Ça m'étonnerait beaucoup !

Gaëlle n'avait aucune envie de voir la discussion se prolonger. Elle intervint vivement.

— Bonne cavalière ou pas, je sais en tout cas quand mon cheval a soif. Aussi...

Elle se dirigea vers la lagune, derrière la maison. Elle était heureuse d'échapper, même pour un instant, à la langue acérée de Fanny. Arrivée sur la berge, à l'ombre légère d'un bouquet de bambous, elle se laissa baigner par la paisible beauté du paysage, pendant que Prince baissait la tête vers l'eau fraîche. Mais elle se retourna en entendant un bruit de sabots et vit Francis approcher ; il amenait son propre cheval et celui de Bernard.

Elle l'observa un instant en se mordant les lèvres. Une fois de plus, elle remarquait la largeur et la puissance de ses épaules, la vigueur de ses bras bronzés. Elle avait dû être folle pour se croire capable de le forcer physiquement à la lâcher, se dit-elle ironiquement. Cette pensée lui rappela autre chose, et, gauchement, elle attira son attention.

— Merci de n'avoir pas précisé les circonstances exactes de ma chute, murmura-t-elle presque timidement.

Il haussa les épaules.

— Je jugeais préférable de ne pas mettre tout le monde au courant de nos accrochages continuels.

— Oui, bien sûr, soupira-t-elle.

Elle eut un mouvement pour écarter Prince du bord de l'eau : il ne devait pas trop boire avant d'avoir retrouvé une température normale.

Une main dure se posa sur sa nuque, lui releva la tête, l'empêchant de s'éloigner davantage.

— Qu'y a-t-il, Gaëlle ? demanda Francis.

Son demi-sourire était contredit par un léger froncement de sourcils. Ses yeux frangés de cils d'une incroyable longueur posaient sur le visage pensif un regard pénétrant.

— Vous êtes bien silencieuse, tout à coup. Vous vous êtes laissé influencer par les remarques de Fanny à propos de son chapeau ?

— Non, dit-elle en secouant doucement la tête. Elle avait raison d'être contrariée. Son chapeau était très joli.

Elle se refusait à le regarder en face : elle se sentait étrangement troublée sous ce regard aigu. Elle eut un rire un peu incertain.

— C'est peut-être cet endroit qui me rend silencieuse... Il est si paisible, si reposant.

— Alors, nous devrions nous entretenir plus souvent ici.

Pour une fois, Gaëlle ne se formalisa pas de la nuance moqueuse dans sa voix. Pour leur plus grande stupeur à tous les deux, elle se surprit à répondre en riant :

— Vous pourriez bien avoir raison.

Brusquement, les yeux verts étincelants accrochèrent les yeux d'un bleu intense. Le seul bruit était l'appel rauque d'un cacatoès, quelque part dans les arbres. Pour une raison inconnue, le cœur de la jeune fille battait la chamade. Elle s'humecta nerveusement les lèvres, détourna le regard.

— Je ferais mieux d'emmener Prince avant... avant qu'il n'épuise la lagune, dit-elle dans un effort pour plaisanter.

Mais sa voix était entrecoupée.

Francis exhala longuement son souffle et se passa la main sur la nuque.

— Oui, ce serait sans doute préférable, acquiesça-t-il un peu sourdement.

Entraînant sa monture derrière elle, Gaëlle passa vivement devant lui et, l'esprit en tumulte, se hâta vers la maison. Bon sang, qu'avait-elle donc ? Elle s'était laissé prendre à la sérénité de la lagune, se reprocha-t-elle avec agacement, en attachant Prince à l'ombre d'un mur. Elle aurait intérêt à se rappeler tout ce qui lui déplaisait en lui — et Dieu sait si elle avait de quoi faire ! — au lieu de se laisser impressionner comme une collégienne par un moment de conversation paisible ! Maîtresse une fois de plus de ses émotions, elle se dirigea vers le petit groupe assemblé près du lac.

Bernard avait déjà allumé le feu entre les pierres du vieux barbecue. Roselyne et Fanny s'affairaient à disposer des nappes et des récipients sur des tables de fortune faites de troncs sciés. Gaëlle se lava les mains, les essuya sur une serviette en papier et se tourna vers Roselyne.

— Voulez-vous que je vous remplace ? demanda-t-elle à la jeune femme qui avait entrepris de couper une miche de pain frais.

— Si vous voulez, merci. Je pourrai m'occuper des tomates.

La jeune fille vint s'asseoir près d'elle, et Roselyne reprit :

— Alors, qu'avez-vous pensé de votre promenade et des buffles ?

De l'autre côté de la table, Fanny s'empressa d'intervenir d'un ton sarcastique :

— De la promenade, pas grand-chose, certainement, si elle a passé son temps à tomber de cheval !

— C'est arrivé une seule fois, corrigea Gaëlle. Et j'ai trouvé la randonnée passionnante. Les buffles aussi. Mais, je dois l'avouer, je n'aimerais pas les rencontrer de trop près. Deux d'entre eux ont paru prodigieusement agacés par notre présence.

— Ce n'est rien, à côté de ce qu'ils éprouveront demain, dit Bernard.

— Quand vous les rassemblerez ?

— Mmm. Dans ces cas-là, ils se montrent vraiment difficiles.

— Avez-vous décidé de la façon dont vous alliez vous y prendre ? demanda la jeune fille. Au sol ou par air ?

Francis et lui en avaient discuté sur le chemin du retour.

Au lieu de répondre, Bernard jeta un coup d'œil interrogateur par-dessus la tête de Gaëlle, et ce fut Francis qui répondit. Apparemment, il avait fini de faire boire les deux autres chevaux et il se tenait maintenant derrière sa sœur.

— Un peu des deux méthodes, je pense, déclara-t-il. Il nous faudra l'hélicoptère pour les faire sortir des endroits humides, et, comme Thérèse aimerait évidemment que Gaëlle assiste de près au rassemblement...

— Tu vas l'emmener avec toi ? interrompit Fanny, mécontente.

— Exactement, confirma-t-il avec autorité. Pourquoi ? Tu as une objection ?

— Je... non, naturellement.

Fanny était allée trop loin, elle s'en rendait compte.

— Je pensais seulement... Je croyais t'avoir entendu dire que tu ne voulais pas de passagers — et surtout pas de passagères — quand tu rassemblais des buffles. Du moins l'avais-tu toujours prétendu, jusqu'à aujourd'hui ! ne put-elle s'empêcher d'ajouter.

Francis croisa d'un air impassible le regard chargé de ressentiment.

— Jusqu'à aujourd'hui, telle était bien ma conviction. Mais, en ce qui concerne Thérèse et Gaëlle...

— Il s'agit purement d'un problème professionnel, se hâta de déclarer la jeune fille.

Ni l'un ni l'autre ne devaient croire le contraire !

— Nous voulons voir si une telle opération intéresserait les touristes.

— Mais Laurent a déjà opposé son veto, je crois, lui rappela Fanny.

C'était vrai ! Elle avait oublié.

— Vous avez raison. D'ailleurs, je n'ai pas encore dit que j'irai.

A la vérité, elle n'y tenait pas : elle désirait éviter le plus possible tout contact avec Francis.

— De toute manière, c'est devenu inutile, maintenant, n'est-ce pas ? insista Fanny.

Malicieusement, Bernard se mêla à la conversation.

— En ce qui concerne Gaëlle, Francis considère peut-être de son devoir de montrer à sa future demi-sœur certaines des opérations qui se déroulent dans le domaine.

— Oui, tu as raison.

C'était au tour de sa femme de donner méditativement son opinion.

— Nous ne pouvons guère laisser Gaëlle regagner Adélaïde sans en avoir vu le plus possible durant son séjour. Que ce soit ou non dans un but professionnel.

— C'est peut-être d'abord à Gaëlle d'en décider,

proposa soudain Fanny, à leur surprise à tous. Après tout, elle n'a pas précisément sauté sur l'occasion. Elle est avant tout citadine... ce qui est tout à fait compréhensible, naturellement, précisa-t-elle aussitôt d'un ton mielleux. Une telle perspective l'effraie peut-être un peu, même si elle n'ose pas le dire.

De toute évidence, les trois autres n'avaient pas envisagé que la peur eût empêché Gaëlle de donner jusqu'ici sa réponse. Leurs regards interrogateurs se posèrent sur elle, et, malheureusement pour Fanny, elle réagit avec toute l'impétuosité de sa mère.

— Oh, non, je ne m'effraie pas si facilement ! dit-elle avec un rire léger.

Elle avait envie de grincer des dents devant la sollicitude feinte de Fanny et ses sous-entendus.

— J'aimerais certainement voir comment on rassemble les buffles, mais je ne voulais déranger personne, c'est tout.

— Parfait ! Voilà une question réglée.

Prenant son accord pour acquis, Bernard hocha la tête avec satisfaction.

— Roselyne, reprit-il, où sont les steaks ? Il y a suffisamment de braise pour les cuire, je pense.

La jeune femme s'empressa de satisfaire la requête de son mari, et Gaëlle se remit à couper le pain. Fanny, de son côté, ne s'était pas encore résignée à l'issue de la discussion. Quand Francis se dirigea vers le barbecue pour seconder son beau-frère, elle le gratifia d'un sourire charmeur.

— Alors, si tu emmènes Gaëlle, tu ne verrais pas d'inconvénient à ce que je vienne aussi, n'est-ce pas ?

Son regard suppliant s'accrochait à celui du jeune homme.

— Chez nous, tu le sais, nous sommes trop au sud pour les buffles, et je n'ai jamais assisté à un rassemblement, moi non plus.

— Et tu n'as encore jamais manifesté d'intérêt à leur égard, remarqua Bernard sans s'émouvoir.

Il plaçait une par une les tranches de viande sur la grille métallique.

Fanny ne battit même pas des paupières ; elle continuait à regarder Francis.

— Parce que je connaissais la réponse de Francis... ou croyais la connaître, fit-elle avec une petite moue.

Avec un intérêt sardonique, Gaëlle attendait. Elle ne fut pas le moins du monde étonnée de voir les larges épaules se soulever en un geste d'acquiescement nonchalant.

— Etant donné les circonstances, je n'y vois pas d'inconvénient. Tu pourras accompagner Norman.

Les deux jeunes filles le dévisagèrent, stupéfaites. Gaëlle, parce qu'elle s'était attendue à le voir accepter avec plaisir la compagnie de sa blonde admiratrice. Fanny, parce qu'elle avait manifestement été de cet avis. Celle-ci fut la première à réagir.

— Oh, mais j'avais pensé venir avec toi, protesta-t-elle d'un air blessé.

Gaëlle la soupçonna de rager intérieurement.

— Désolé, mon petit, rien à faire. J'aurai déjà Gaëlle avec moi, fit-il d'un ton traînant.

La jeune fille eut un sourire caustique.

— Si vous voulez changer de place avec moi, je n'y vois aucun inconvénient, dit-elle.

Elle en serait même ravie !

— Certainement, je...

— Pas question.

La voix de Francis demeurait nonchalante, mais son opposition n'en avait pas moins de force.

— Elle vient avec moi. Je t'ai suggéré d'accompagner Norman, Fan, parce qu'il sera plus rassuré avec toi : tu as grandi dans une station d'élevage et tu seras plus à même de te tirer d'affaire en cas de problème. Gaëlle, naturellement, ne possède pas les mêmes capacités, ajouta-t-il doucement.

Fanny, à cette louange inattendue, esquissa un sourire malicieux et considéra d'un air supérieur la mine morose de l'autre jeune fille. Mais, si Gaëlle avait pris cette expression, ce n'était pas à cause de la référence de Francis à son manque de capacités : après tout, il avait dit vrai. Non, elle s'indignait de la manière dont il avait manœuvré Fanny pour lui faire faire ce qu'il voulait ! C'était toujours la même chose, se disait-elle.

Ce genre d'homme obtenait toujours ce qu'il souhaitait parce que ses sentiments n'étaient jamais en jeu. Il se contentait de jouer avec ceux des autres !

Sûre d'avoir remporté une victoire, Fanny se montra plus aimable durant le déjeuner et, après le repas, alla jusqu'à proposer de se joindre à Roselyne pour faire visiter l'ancienne maison à Gaëlle. Mais elle avait compté sur la présence de Francis. En découvrant qu'il n'avait pas l'intention de les accompagner, elle changea aussitôt d'avis, afin, elle l'espérait, de profiter sans partage de sa compagnie.

Roselyne cassa au passage une petite branche feuillue et s'en servit comme d'un éventail pour éloigner les mouches. Elles suivaient un petit chemin qui menait à la bâtisse presque dépourvue de toit.

— L'humeur de Fanny s'est au moins un peu améliorée, depuis une heure ou deux, dit la jeune femme. Mais je suis désolée pour vous : elle s'est montrée très désagréable. Je me demande ce qu'elle pouvait bien avoir. Dieu merci, elle n'est pas toujours aussi... chipie.

Les yeux bruns cherchèrent avec inquiétude le regard de Gaëlle.

— Elle ne vous a pas blessée, j'espère ?

La jeune fille secoua la tête.

— Non, absolument pas. Vous la connaissez depuis longtemps ?

— Depuis ma naissance, pour ainsi dire, répondit Roselyne en riant. Nos pères étaient amis d'enfance.

Cette allusion à Laurent changea le cours des pensées de Gaëlle. Elle dévisagea la jeune femme avec curiosité.

— Que pensez-vous de ce mariage entre votre père

et ma mère, Roselyne ? demanda-t-elle prudemment. Vous n'en avez pas encore parlé ?

— Eh bien... Franchement, au début, j'étais un peu réticente.

Un sourire illumina soudain le charmant visage.

— Comme vous à présent. Mais je me suis habituée à cette idée. Ils seront très heureux ensemble, je le crois sincèrement.

— Je ne comprends toujours pas comment vous, Francis... et même eux, vous pouvez en être aussi sûrs en si peu de temps !

Roselyne haussa vaguement les épaules.

— Oui, ça doit être difficile à comprendre. On a seulement cette impression quand on les a vus quelque temps ensemble. Je ne peux pas en dire davantage.

— Encore faudrait-il que je dispose de quelque temps, précisa ironiquement Gaëlle. Si j'en juge par le comportement de maman jusqu'à présent, elle n'y tient pas particulièrement. A peine étais-je arrivée qu'elle m'envoyait visiter le domaine. Aujourd'hui, elle a insisté pour m'expédier ici. Demain, je vais apparemment prendre part au rassemblement des buffles. Après ça... qui sait ?

Elle ébaucha une grimace désabusée.

— ... Peut-être finirai-je par les voir ensemble ?

Roselyne fut prise d'un rire contagieux.

— C'est vrai, vous n'en avez pas eu souvent l'occasion. A mon avis, pourtant, Thérèse ne vous évite pas à dessein. Elle veut simplement rendre votre séjour le plus agréable possible.

— J'en profiterais davantage si je pouvais d'abord avoir une vraie conversation avec elle.

— Alors, nous verrons ce que nous pouvons arranger après-demain, dit Roselyne avec un sourire compréhensif.

Et elle gravit la première les marches qui donnaient accès à la véranda de la vieille demeure.

Gaëlle la suivit plus lentement. Son imagination abandonnait involontairement le présent pour tenter de se représenter la maison comme elle avait été jadis — le centre d'un empire en formation.

— Je me demande comment c'était, à cette époque, dit-elle.

— Très solitaire ! fit Roselyne en riant. Au cours des dix-huit premiers mois, ils n'ont pas vu un seul autre Blanc.

— C'est peut-être la raison pour laquelle ils avaient des familles nombreuses... pour se sentir moins seuls, hasarda-t-elle avec un demi-sourire.

Un moment après, quand elle eut fait le tour de la maison pièce par pièce et visité aussi la cuisine et les dépendances, situées à l'écart, la jeune fille secoua la tête d'un air incrédule.

— Je ne m'étonne pas que votre grand-père ait eu besoin de plus de place. Comment parvenait-il à loger treize enfants ?

— Oh, seules les filles couchaient dans des chambres. Les garçons dormaient toujours sur la véranda, expliqua Roselyne. A mon avis, d'ailleurs, c'étaient eux qui avaient toute la chance.

— Parce qu'il fait plus frais dehors ?

La jeune femme hocha la tête avec une énergie qui les fit rire toutes les deux.

— Qu'est-ce qui vous amuse ? demanda soudain la voix bien modulée de Francis.

Il était au seuil de la porte d'entrée, les deux bras levés, les mains sur le linteau.

— Pas grand-chose, répondit sa sœur en s'approchant de lui. Nous pensions seulement que vous autres, les hommes, vous vous arrangez toujours pour prendre l'avantage sur nous, pauvres créatures.

— Oh ?

Il coula un coup d'œil cynique vers Gaëlle qui les rejoignait.

— Seriez-vous pour quelque chose dans cette opinion ?

— Pas le moins du monde. Mais votre sœur est une

femme intelligente. Elle n'a pas besoin d'aide pour discerner une évidence.

Il baissa soudain un bras pour l'empêcher d'aller retrouver Roselyne au grand soleil, la prit par la taille et l'attira tout contre lui.

— De la part de ma sœur, c'était une plaisanterie, dit-il d'un ton moqueur.

Elle se dégagea avec irritation.

— Peut-être les hommes ne sont-ils pas pour moi un sujet de plaisanterie ! riposta-t-elle à voix basse. Laissez-moi, espèce de brute ! Pourquoi êtes-vous venu nous déranger ?

Un léger sourire se jouait sur les lèvres de Francis, mais il secouait la tête très lentement, et le geste à lui seul était un avertissement.

— Un de ces jours...

— Oui ? osa-t-elle le défier, en dépit des battements accélérés de son cœur.

— Ne me le demandez surtout pas !

Il laissa glisser son bras et poussa la jeune fille vers Roselyne qui les attendait au bord de la véranda.

— J'étais venu voir si vous aviez envie d'aller vous baigner, dit-il à sa sœur.

— Je ne demande pas mieux, répondit-elle sans hésitation. Et vous, Gaëlle ?

La facilité avec laquelle Francis l'avait laissée aller avait déconcerté la jeune fille, tout comme l'avait déconcertée sa brusque étreinte. Avec un pâle sourire, elle acquiesça d'un signe de tête et le regarda s'éloigner sur le chemin.

Pour quelqu'un qui s'était juré de rester froide, elle n'avait pas tellement réussi, avec Francis. Elle soupira de découragement. Elle avait rencontré d'autres hommes de son espèce, et aucun ne lui avait fait perdre son calme. Alors, pourquoi cette fois-ci... ?

— Vous venez chercher votre sac pour vous changer ?

La voix joyeuse de Roselyne l'arracha à sa rêverie.

— Pardon ? Oh... oui. Où allons-nous nous changer ? Dans la maison ?

— Bien sûr. Chic, voilà Fanny avec nos affaires. Ça nous évite d'aller jusqu'à la voiture.

Les yeux bruns pétillaient.

— Vous êtes meilleure nageuse que cavalière, j'espère, Gaëlle, fit la nouvelle venue en leur tendant leurs sacs respectifs.

Gaëlle murmura un remerciement et haussa les épaules.

— Un peu, oui.

Les trois jeunes femmes reprirent le chemin vers la maison.

— N'en faites pas trop, conseilla Roselyne. Il y a des sources chaudes, je vous l'ai dit, et ça peut être fatigant.

— Des sources chaudes comme celles des villes d'eaux ?

— Exactement. Voilà pourquoi, naturellement, nous jouissons tous d'une santé éclatante, ajouta Roselyne.

Leurs peaux bronzées en étaient certainement la preuve, se dit Gaëlle en émergeant de la maison. Elle portait un maillot une pièce noir et bleu. Par comparaison avec ses compagnons, elle semblait cadavérique, pensa-t-elle avec une petite grimace.

Les hommes étaient déjà dans l'eau, et la jeune fille voulut plonger aussitôt pour se dissimuler aux regards. Elle ne fut pourtant pas assez rapide : Fanny attirait déjà l'attention de tous en s'exclamant :

— Bonté divine, est-ce la mode, dans le sud, d'avoir l'air d'un fantôme, Gaëlle ?

La jeune fille rougit et se laissa glisser dans l'eau incroyablement chaude.

— Non, il ne s'agit pas d'une mode, mais c'est inévitable durant l'hiver, reconnut-elle.

— Et ce n'est pas un crime, intervint Roselyne.

Elle lança à son amie un coup d'œil exaspéré.

— De toute manière, avec vos beaux cheveux roux

et vos yeux verts, personne ne doit remarquer si vous êtes bronzée ou non.

— Je suis tout à fait d'accord ! cria Bernard avec audace.

Roselyne éclata de rire, tout en le menaçant du regard.

— Ah oui ?

— Mais en ta présence seulement, mon amour, corrigea-t-il d'un ton apaisant.

Comme personne ne lui accordait la moindre attention, Fanny se mit en devoir de choisir avec le plus grand soin l'endroit d'où elle allait plonger. Lorsqu'elle reparut à la surface, ce fut justement en face de Francis. Très près de lui, en fait. Presque tout contre, se dit Gaëlle.

Elle lui posa les deux mains sur la poitrine et leva vers lui un regard avide.

— Si nous organisions un combat ? suggéra-t-elle. Toi et moi contre Roselyne et Bernard ?

Ce qui la laissait commodément à l'écart, pensa ironiquement Gaëlle.

— Pas dans mon état, merci, riposta aussitôt Roselyne en secouant la tête. D'ailleurs, j'ai une meilleure idée : nous devrions nettoyer le fond du lac. Nous ne sommes pas venus depuis un bon moment, et il est plein de cailloux.

Elle se retourna vers Gaëlle.

— Les pierres sont entraînées dans le lac pendant la saison des pluies, expliqua-t-elle. Nous essayons de le nettoyer au moins une fois l'an. Quand nous étions gosses, nous rivalisions à celui qui amasserait le plus gros tas...

— C'est une bonne idée, approuva Fanny. Nous pourrions en faire autant cet après-midi, à condition de garder les yeux ouverts afin de ne pas nous heurter les uns aux autres.

Elle eut un regard innocent à l'adresse de Gaëlle.

— Vous savez nager les yeux ouverts dans l'eau, je

pense ? Beaucoup de personnes n'y parviennent pas, je le sais.

— Oh, je me débrouillerai, répliqua la jeune fille, sur une note sardonique.

Fanny semblait bien décidée à la critiquer à toute occasion.

— Je garde toujours les yeux ouverts... poursuivit Gaëlle.

Elle ne put s'empêcher de gratifier Francis d'un regard significatif.

— ... dans l'eau ou ailleurs.

Fanny dissimula sa déception sous un sourire et entreprit de déterminer les sections du lac réservées à chacun d'eux. Néanmoins, après cela, tout semblant d'organisation disparut : c'était chacun pour soi, dans l'hilarité générale, parmi les accusations et les contre-accusations de vol qualifié.

Gaëlle connut ce genre d'incident : au moment où elle tendait la main pour saisir un caillou de belle taille, celui-ci lui fut pratiquement enlevé des doigts par une grande main masculine. Elle en avait fait autant à quelqu'un d'autre l'instant d'avant; elle n'avait donc pas le droit de se plaindre. Comme elle était hors d'haleine, elle regagna la surface, en compagnie de son vainqueur.

— Il était à moi, celui-là! s'exclama-t-elle en riant.

Elle frottait ses yeux, irrités par le contact de l'eau.

— Il faut être plus rapide.

Ce fut Francis qui lui répondit, et elle baissa les mains pour le regarder avec surprise. Elle était sûre qu'il s'agissait de Bernard.

— Il n'y a pas de deuxième prix dans ce concours, ajouta-t-il.

— J'ai eu cette impression quand votre sœur, tout au début, m'a très habilement soulagée de quelques-unes de mes trouvailles, fit-elle en souriant.

— C'est bien de Roselyne.

Il fronça légèrement les sourcils et lui caressa la joue du bout d'un doigt.

— Vous avez mal aux yeux, non ?

— Un peu, dit-elle avec un haussement d'épaules.

— Alors, mieux vaudrait mettre fin à ce jeu.

— Certainement pas ! Vous avez encore ce beau caillou qui m'appartient !

Dans un éclat de rire, elle lui arracha la pierre.

Il se jeta sur elle avec une exclamation étouffée. Sa force, la longueur de ses bras lui donnaient l'avantage dans ce combat pour rire, et son poids constitua un facteur décisif lorsque tous deux perdirent l'équilibre et se retrouvèrent sous la surface. Francis fut le premier à reprendre son aplomb ; il saisit la jeune fille sous les aisselles pour la remettre sur pieds et la soutint fermement, tandis qu'elle recrachait en toussant toute l'eau absorbée.

Roselyne émergea soudain tout près d'eux.

— Hé ! Que pensez-vous de celle-ci ? s'écria-t-elle triomphalement.

Elle soumettait à leur examen la pierre même pour laquelle ils venaient de se battre. Après quoi, elle leur tourna le dos pour aller la déposer sur son tas personnel.

— Je l'ai lâchée ! expliqua Gaëlle, en réponse au haussement de sourcils interrogateur de Francis.

— Vous l'avez sans doute fait exprès.

— Non, je n'ai pas pu m'en empêcher : j'ai cru que vous alliez me noyer !

Le sourire qui se dessina lentement sur les lèvres du jeune homme parut hypnotiser Gaëlle, dont le cœur se mit à battre follement.

— Oui, vous avez raison ; veuillez m'excuser. Vous avez été rudement secouée...

— Ce n'est pas grave, dit-elle d'une voix sourde. De toute manière, je l'avais bien mérité : j'avais essayé de vous prendre ce caillou.

— Quoi, vous ne m'accusez pas de vous l'avoir volé le premier ? fit-il, intrigué et taquin à la fois.

Elle avala péniblement sa salive, haussa une épaule avec une apparente nonchalance.

— C'était un jeu, après tout.

— Et un jeu, ajouterai-je, qui vous faisait rire, il y a encore un instant.

La remarque ambiguë eut au moins pour effet de permettre à la jeune fille de retrouver son sang-froid. D'un air de défi, elle soutint le regard de Francis.

— Et alors ? Même les clowns ne rient pas constamment.

Elle s'agaçait d'avoir, une fois de plus, baissé sa garde devant lui. Elle vit les autres refaire surface et en fut soulagée.

— Ils ont tous fini, apparemment, ajouta-t-elle.

— Et nous, nous remettrons ça à une autre fois ?

— Je ne sais pas de quoi vous parlez, répondit-elle d'un ton volontairement léger.

Mais elle mentait. Elle tourna le dos à son compagnon pour se mettre à nager rapidement vers l'autre extrémité du lagon. Leurs continuelles altercations cesseraient — si elles devaient jamais cesser — quand elle le jugerait bon ! se dit-elle avec détermination.

Francis se hissa lestement sur un rocher et se dirigea vers l'endroit où sa sœur et Bernard avaient déjà entrepris de compter les cailloux rassemblés par Fanny, sous l'œil attentif de celle-ci. Il fit encore quelques pas, s'adossa indolemment à un arbre, précisément à l'endroit choisi par Gaëlle pour sortir de l'eau.

— Je vous aide ? fit-il d'un ton traînant en lui tendant la main.

Elle ne pouvait malheureusement pas l'éviter et n'avait aucune illusion : il ne se trouvait pas là par hasard. Elle lui lança un coup d'œil chargé de rancune.

— Non, merci… Même si je ne suis pas née dans le Territoire, je crois être au moins capable de sortir d'un lagon par mes propres moyens.

— Nous verrons bien, riposta-t-il avec un sourire énigmatique.

Trop occupée à se hisser sur le rivage, Gaëlle ne prit pas la peine d'analyser le sens de ses paroles. Elles prirent toute leur signification quand elle voulut se mettre debout : affaiblies par la chaleur de l'eau et les sels minéraux qu'elle contenait, ses jambes menaçaient de ne pouvoir la porter.

— Vous prenez tout votre temps, on dirait, se moqua au-dessus d'elle la voix de Francis.

— Ne perdez surtout pas le vôtre, répliqua-t-elle.

Pour ne pas lui donner la satisfaction de la voir essayer de se mettre debout, elle lui tourna le dos et parvint à s'asseoir.

— Je vais rester ici un moment pour admirer le paysage.

L'instant d'après, elle se retrouvait soulevée par deux bras puissants qui la serraient contre une large poitrine. Deux yeux d'un bleu intense, extrêmement ironiques, plongeaient leur regard dans le sien.

— Espèce de petite entêtée... !

Il s'interrompit, secoua la tête d'un air incrédule.

— Vous aimez vraiment me défier, n'est-ce pas, mon cœur ?

— Non, j'aimerais seulement que vous me laissiez tranquille ! répliqua-t-elle dans un murmure furieux pour n'être pas entendue des autres. Ça ne vous ennuierait pas de me poser par terre ?

— Vous pensez pouvoir tenir debout ?

— Qu'est-ce que ça peut vous faire ? De toute façon, j'étais très bien, assise !

— Et ça vous donnait en même temps une occasion de m'exaspérer ! dit-il ironiquement.

— Pourquoi pas ?

Elle redressa le menton, tout en cherchant à se libérer. Elle avait horreur de cette impression de vulnérabilité qui l'assaillait toujours au contact de cet homme.

— Si vous vous êtes installé ici, reprit-elle, c'était bien aussi dans l'intention de m'exaspérer. Croyez-vous que je l'ignore ?

— Je vous ai au moins tendu la main pour vous aider.

— Et vous étiez sûr que je la refuserais ! répondit-elle, non sans amertume.

Il baissa la tête pour lui murmurer à l'oreille :

— Peut-être auriez-vous mieux fait de l'accepter.

— Je me serais soumise à votre supériorité masculine, c'est cela ?

— Vous auriez ainsi évité un contact qui vous bouleverse manifestement, corrigea-t-il, une lueur moqueuse dans les yeux.

Son regard soulignait l'attitude rigide de la jeune fille. Elle s'était simplement fatiguée en cherchant à se libérer.

— En tout cas, ce n'est pas vous qui me bouleversez ! lança-t-elle immédiatement en désespoir de cause.

— Ai-je dit ça ?

Il haussa les sourcils, narquois.

Oh, flûte ! Dans son affolement, elle s'était vendue ! Ce serait trop humiliant s'il venait à connaître l'effet démoralisant qu'il produisait sur elle !

— Non... Je... je ne fais pas partie de ces femmes qui aiment se retrouver dans les bras d'un homme, voilà tout.

— Vous avez peur des conséquences ?

— Non ! Mais je... je... Oh, pour l'amour du ciel, posez-moi par terre ! ordonna-t-elle frénétiquement.

Elle percevait le contact de la peau tiède contre la sienne. Impossible de rester lucide dans de telles conditions.

Elle ne sut jamais si Francis lui aurait ou non obéi : Bernard choisit cet instant pour les appeler. Les deux autres femmes et lui se trouvaient à quelque distance, derrière des buissons.

— Venez donc, vous deux ! Nous allons commencer à compter tes cailloux, Francis, mon vieux !

Au grand soulagement de Gaëlle, elle se retrouva sur ses deux pieds. Ses jambes étaient encore tremblantes mais néanmoins en mesure de la soutenir. Elle mit vivement deux pas entre son compagnon et elle.

— Merci, dit-elle ironiquement, avec un regain d'assurance, mais, à l'avenir...

— A l'avenir, vous n'aurez peut-être pas Bernard pour vous tirer d'affaire. Que ferez-vous, alors ?

— Je n'ai jamais eu besoin de Bernard ni de personne d'autre pour me tirer d'affaire. Je ne vois donc pas où est le problème.

— Ah non ? Eh bien, à votre place, mon cœur, je ne ferais pas trop confiance à une telle constatation.

— Ce qui signifie ?

Elle se méfiait un peu.

— Pour quelqu'un qui maîtrise soi-disant si bien ses émotions, vos réactions sont plutôt suspectes, lui murmura-t-il en passant devant elle pour aller rejoindre les autres.

Un peu troublée par cette déclaration, Gaëlle le suivit des yeux. Si seulement ni sa mère ni elle-même n'avaient jamais entendu parler des Montgomery ! se disait-elle une fois de plus.

6

Le crépuscule tombait quand Roselyne et Gaëlle se trouvèrent de retour à la maison. Les autres avaient pris les devants ; ils dessellaient déjà leurs montures.

La voiture était à peine arrêtée derrière la demeure quand Thérèse apparut sur la véranda. Elle semblait fort mécontente.

— Quand vous aurez fini de décharger, j'aimerais te dire un mot, Gaëlle, avant que tu rentres, déclara-t-elle à sa fille.

Celle-ci acquiesça d'un signe mais fronça les sourcils. Dans le vestibule, elle se retourna vers Roselyne.

— Je me demande ce qui se passe, murmura-t-elle, perplexe.

— Elle ne s'est pas disputée avec mon père, à votre avis ? questionna la jeune femme, inquiète.

— Non, je ne pense pas. Si c'était le cas, elle serait plus bouleversée. Elle est tout bonnement furieuse, et contre moi, pour je ne sais quelle raison.

— Vous n'en avez pas la moindre idée ?

— Pas la moindre, fit Gaëlle avec un haussement d'épaules. Quand je l'ai quittée, ce matin, elle était absolument dans son état normal, et je ne l'ai pas revue depuis... Qu'ai-je bien pu faire ?

De toute évidence, Roselyne n'avait aucune réponse à fournir ; elle était tout aussi intriguée. Mais elle proposa spontanément de terminer seule le déchargement, si Gaëlle voulait être fixée plus vite.

Sa proposition fut promptement refusée.

— Non, merci, dit la jeune fille avec une grimace. Je ne suis pas si pressée. Maman ne sort pas souvent de ses gonds, mais, quand ça lui arrive !...

Elle leva vers le ciel des yeux verts expressifs.

— Elle n'a pas pour rien des cheveux de cette couleur, vous savez !

— Les vôtres sont encore plus roux, remarqua Roselyne en riant.

— Ce qui explique peut-être mon tempérament encore plus emporté, avoua Gaëlle avec un sourire un peu confus. Mais, cette fois, c'est moi qui vais être grondée, j'en ai l'impression.

— Alors, je vous souhaite bonne chance. Et, si vous avez besoin d'aide...

Malheureusement, de l'avis de la jeune fille, le déchargement de la Land Rover ne prit pas bien longtemps. Elle dut ensuite aller rejoindre sa mère sur la véranda. Pendant ce temps, Roselyne se remettait au volant pour ramener le véhicule au garage.

Thérèse ne perdit pas de temps : elle alla droit au but.

— Comment oses-tu inviter Alex ici, à Munda-munda ? attaqua-t-elle, furieuse. Non seulement il ne t'appartient pas de le faire, mais je refuse d'être traitée en enfant par deux jeunes gens qui voudraient gouverner ma vie à ma place !

Décontenancée tout à la fois par la colère de sa mère et le contenu de la révélation, Gaëlle la dévisageait d'un air abasourdi.

— Mais je... je... Il vient quand même ? balbutia-t-elle.

— Il vient ? répéta Thérèse. Il est arrivé, oui, il y a une demi-heure, par le camion qui livre les provisions !

La jeune fille ouvrit de grands yeux incrédules.

— Il est ici ? Mais comment est-ce possible ? Tu l'as appelé à Adélaïde ce matin même, non ?

— En effet, je l'ai appelé, répondit sa mère dont la rage était presque palpable. Il a dû partir tout de suite après avoir raccroché… sans m'avoir dit un mot de ses intentions !

Ça, c'était bien d'Alex, se dit Gaëlle. Il croyait toujours avoir raison. Elle tenait à régler au moins une question. Elle dit vivement :

— En tout cas, il n'est certainement pas venu sur mon invitation.

— Tu ne l'as peut-être pas littéralement invité, mais le résultat est le même. Si j'en juge par ta première remarque, vous avez manifestement abordé le sujet, précisa sa mère d'un ton accusateur.

— C'est vrai, nous en avons parlé, reconnut la jeune fille, mal à l'aise. Mais je…

— Mais tu connaissais d'avance ma réaction et tu t'es donc bien gardée de me mettre au courant. C'est ça ?

— Non ! protesta Gaëlle avec véhémence. Il m'a proposé de m'accompagner. Je lui ai dit que nous n'avions pas besoin de venir à deux ; de toute manière, sa présence à l'agence était nécessaire, puisque Cliff était absent.

— Ça ne me paraît guère convaincant, et, apparemment, Cliff est rentré ce matin.

— Oh !

Voilà qui expliquait la présence d'Alex.

— Tu ne trouves rien d'autre à dire ? questionna Thérèse. Vous n'avez jugé bon ni l'un ni l'autre, poursuivit-elle sans laisser à sa fille le temps de répondre, de m'avertir de l'arrivée possible d'Alex ! Peux-tu imaginer mes sentiments quand je l'ai vu descendre de ce camion, une valise à la main, comme s'il s'attendait à faire ici un séjour prolongé ? En as-tu la moindre idée ? insista-t-elle. Eh bien, voilà : d'abord, c'était extrêmement embarrassant, surtout quand il a annoncé à Laurent qu'il était là sur l'invitation de ma fille. Mais, en même temps, j'étais profondément humiliée. Tout le monde allait deviner l'unique raison de sa visite : ni toi ni lui ne me jugez capable de prendre une décision valable en ce qui concerne ma propre vie !

Du coin de l'œil, Gaëlle vit Francis s'approcher de la

maison à longues enjambées. Par bonheur, ni Bernard ni Fanny n'étaient avec lui, mais elle sentit le feu lui monter aux joues à l'idée qu'il ait pu entendre la cinglante accusation de sa mère.

— Ce n'est pas vrai ! dit-elle. Nous... nous ne voudrions pas que tu commettes une erreur, c'est tout.

— Ce qui est une autre manière de dire exactement la même chose ! déclara sa mère, sans se laisser amadouer.

Gaëlle dut en convenir.

— Nous n'avions pas l'intention de te donner cette impression...

Francis était de plus en plus proche. Il devait certainement les entendre, à présent.

— D'ailleurs, Alex t'a certainement expliqué...

— Je lui ai laissé très peu de temps pour s'expliquer.

— Je ne comprends pas, dit la jeune fille en fronçant les sourcils.

— Après ses toutes premières remarques sur l'imprudence de mes actes — et ce, avant même d'avoir atteint la maison ! —, j'étais trop enragée pour écouter un mot de plus. Je lui ai dit sans ambages ce que je pensais exactement de son intervention indiscrète et, depuis, je ne lui ai plus adressé la parole.

Pourquoi, oh, pourquoi n'avait-il pas attendu ?

— Et... où est-il, maintenant ?

— Heureusement pour lui, Laurent a plus de patience que moi. Il l'a fait entrer et il s'entretient avec lui. En ce qui me concerne, je peux te le garantir, Alex aurait pu rester dehors jusqu'à son départ, vendredi matin !

Jamais Gaëlle n'avait vu sa mère dans une telle fureur, et, naturellement, la scène se produisait en présence de Francis. Il était à présent à quelques mètres seulement. Elle soupira intérieurement. Pourtant, elle fut incapable de dissimuler sa surprise, aux dernières paroles de Thérèse.

— Tu ne veux pas qu'il reste ?

— Précisément. En fait, sans le rassemblement des

buffles, je l'aurais réexpédié dès demain matin. J'en ai par-dessus la tête de ses insinuations sans fondement, de ses conseils superflus... et des tiens ! ajouta-t-elle cruellement. J'irai même plus loin : si tu as d'autres commentaires en réserve sur cette histoire, je te suggère de repartir avec lui !

Gaëlle devint cramoisie. Sa mère ne voyait peut-être pas Francis, dissimulé par les plantes fleuries qui grimpaient aux colonnes de la véranda, mais il était bel et bien là, et elle distinguait son sourire sardonique.

— Tu ne... tu ne parles pas sérieusement ? dit-elle d'une voix étranglée.

Thérèse reprit son souffle, comme pour se calmer, mais l'expression de son visage demeura la même.

— Mais si, affirma-t-elle, d'un ton qui n'avait rien perdu de sa résolution. Les déclarations d'Alex ont été la goutte qui a fait déborder le vase. Si tu es, toi aussi, incapable d'accepter ma décision, je le regrette, mais tu ne me laisses pas le choix : mieux vaut, dans ce cas, que tu repartes le plus vite possible pour Adélaïde.

Ayant lancé cette bombe, elle tourna les talons, rentra dans la maison.

Gaëlle restait assommée, les poings crispés, les paupières battantes sur des larmes retenues qui lui brûlaient les yeux. Dieu seul savait ce qu'Alex avait pu dire à sa mère, mais il avait certainement réussi à la dresser contre eux deux !

— Eh bien, ma douce, vous avez mis le pied dans un nid de frelons, cette fois, me semble-t-il, remarqua Francis en arrivant sur la véranda. Que s'est-il donc passé ?

— Ça ne vous regarde pas ! lança-t-elle sans lever les yeux.

Et elle fit un mouvement pour s'éloigner. Il la retint par le bras, la retourna vers lui.

— Permettez-moi d'être d'un avis différent. Tout ce qui se passe dans ce domaine me concerne.

— Alors, allez donc demander à ma mère. Elle sera

trop contente, je n'en doute pas, de tout vous expliquer par le menu.

— Même si c'était vrai, pour le moment c'est à vous que je pose la question.

D'un doigt décidé, il releva le visage de la jeune fille vers le sien.

— Pourquoi ? Ça ne vous suffit pas de savoir que je m'en vais ?

— Je l'ignorais, fit-il ironiquement.

— Oh, ne me racontez pas d'histoires !

L'espace d'un instant, les yeux couleur d'émeraude flamboyèrent, mais les cils sombres s'abaissèrent aussitôt.

— Vous avez tout entendu, je le sais ! Si je ne tombe pas d'accord avec toutes ses décisions, elle ne veut pas de moi ici !

— Je n'avais pas exactement compris ça, mais serait-ce tellement difficile... d'approuver sa décision ?

— Vous connaissez déjà ma réponse, marmonna-t-elle. Je n'ai pas changé d'avis depuis ce matin.

— Parce que vous avez une vraie tête de mule !

La colère s'insinuait dans la voix de Francis.

Gaëlle était incapable de desserrer l'étau de sa main sur son poignet mais elle pouvait au moins dégager sa tête.

— Qu'est-ce que ça peut vous faire, de toute manière ? lança-t-elle. Vous sautez déjà de joie, j'en suis sûre, à la perspective de mon prochain départ. Vous m'avez assez clairement fait comprendre, dans l'avion, à quel point ma visite était importune !

— A quoi vous attendiez-vous ? Au tapis rouge... après vos suppositions injurieuses au téléphone ?

— Bah, dans deux jours d'ici, qui s'en souciera ? fit-elle avec une insouciance voulue. Je ne serai plus là, et maman pourra se consacrer tout entière à sa nouvelle famille... C'est ce dont elle a envie, ça se voit !

Francis étouffa un juron.

— Pour ça, je devrais vous battre comme plâtre,

espèce de sale petite chipie ! Dieu sait pourquoi, pour votre mère, le soleil se lève et se couche avec vous.

— Vraiment ? Je n'ai pas eu cette impression, moi. Elle nous... elle nous réexpédie à Adélaïde, simplement parce que nous avons assez d'affection pour elle pour...

— Nous ? coupa-t-il d'une voix basse, intense.

Elle leva le menton.

— Apparemment, Alex est arrivé ici cet après-midi.

— Invité par qui ? Vous ?

Les lèvres de Francis prenaient un pli menaçant. Gaëlle s'en aperçut, et son ressentiment s'en accrut.

— Même si je vous disais le contraire, vous ne me croiriez pas !

— D'où tirez-vous cette conviction ?

Elle serra les dents. Elle aurait mieux fait de ne rien dire.

— Thérèse ne vous a pas crue ? devina-t-il. Est-ce ce qui a fait naître la querelle entre vous ?

— Je vous l'ai déjà dit, ça ne vous regarde pas !

Elle se refusait à lui donner la satisfaction d'une réponse véritable.

— Et... et voulez-vous lâcher mon bras ! ajouta-t-elle en s'efforçant de détacher les doigts vigoureux. Vous me faites mal !

— Vous n'auriez pas mal si vous cessiez de vous débattre, dit-il avec une arrogance exaspérante.

Du coup, elle redoubla d'efforts.

— Je n'aurais pas mal non plus si vous me lâchiez ! répliqua-t-elle d'un ton acide. Ou bien prenez-vous plaisir à infliger aux femmes votre force brutale ?

— Avec vous, semble-t-il, je n'ai pas le choix. C'est le seul moyen de vous empêcher de fuir à la première occasion.

— Vous pourriez peut-être essayer de comprendre ceci : je n'ai pas la moindre envie de vous parler, dit-elle, avec une suavité bien imitée.

— Evidemment, je le pourrais, reconnut-il nonchalamment. Mais alors je n'aurais aucune chance de découvrir ce qui se passe dans cette jolie petite tête.

Le compliment inattendu la prit une seconde au dépourvu, et elle en interrompit ses efforts pour recouvrer sa liberté.

— Ne me dites pas que ça vous intéresse !

— Si, dans la mesure où cela concerne la propriété et les gens qui y vivent, riposta-t-il, sardonique.

Les yeux frangés de cils noirs détaillaient minutieusement chacun des traits de la jeune fille.

— Escomptiez-vous un autre motif, plus personnel ?

— Ne soyez pas ridicule ! s'exclama-t-elle d'une voix qui s'étranglait.

— Alors, rien ne devrait s'opposer à une conversation parfaitement raisonnable entre nous, sans que vous vous conduisiez comme un lapin affolé, qu'en dites-vous ?

— Je n'ai pas peur de vous, Francis Montgomery, si c'est ce que vous insinuez !

Il possédait un don incroyable pour la mettre sans cesse sur la défensive.

— Je me refuse absolument à discuter d'affaires de famille avec des inconnus, voilà tout ! ajouta-t-elle.

— Des inconnus ? répéta-t-il. Ma douce, que vous soyez d'accord ou non, nous ne tarderons plus guère à être apparentés. Par voie de conséquence, tout ce qui vous concerne, votre mère et vous, concerne aussi ma famille.

Il avait probablement raison, ce qui ne faisait rien pour la réconforter ni pour la disposer à accepter la situation. Mais, bien décidée à ne plus lui fournir d'occasion de la traiter de « lapin affolé », elle reprit longuement son souffle, le regarda bien en face.

— Dans certaines circonstances seulement, lui accorda-t-elle à regret.

Devant son évidente répugnance, un demi-sourire étira les lèvres du jeune homme.

— Et nous sommes en plein dans ce genre de circonstances !

— D'accord, vous avez raison, reconnut-elle, vaincue.

Alex avait jugé bon de s'inviter chez les Montgomery ; elle ne pouvait donc résister davantage. Néanmoins, pour ne pas laisser à l'adversaire une complète victoire, elle demanda d'un ton moqueur :

— Et maintenant, puis-je récupérer mon bras ?

— Avez-vous l'intention de rester avec moi ?

— Je ne pensais pas avoir le choix.

— Vous ne l'avez pas.

— Je suis donc bien obligée de rester, non ?

— J'étais sûr de pouvoir vous amener à mon point de vue, fit-il en souriant.

Il la lâcha enfin. Malgré elle, Gaëlle se mit à rire.

— Vous avez un cœur d'or !

— Et vous...

Il lui posa doucement un doigt sous le menton, et son pouce suivit avec légèreté le contour de sa lèvre inférieure.

— ... vous devriez rire plus souvent.

Un instant hypnotisée, impuissante, elle le dévisagea. Mais elle revint à elle, détourna la tête en sentant le rose lui monter aux joues.

— Oui... une autre fois, peut-être. Ces derniers temps, je n'ai pas trouvé beaucoup d'occasions de rire, j'en ai peur.

— Et surtout pas aujourd'hui, n'est-ce pas ?

Une nuance particulière, dans la voix de Francis, éveilla l'attention de la jeune fille : faisait-il aussi allusion à ce qui s'était passé au lagon ? Elle haussa les épaules avec une feinte insouciance.

— C'est bien possible.

Et c'est dû uniquement à l'arrivée d'Alex ?

Son regard retenait celui de Gaëlle.

— On dirait.

Les yeux bleus devinrent plus pénétrants encore.

— L'avez-vous, oui ou non, invité à Mundamunda ?

— Non.

— Pourtant, Thérèse ne vous a pas crue, apparemment.

— Ce n'est pas tellement ça. Elle semble trouver que j'aurais pu le dissuader avec plus d'énergie quand il m'a parlé de son intention, dit-elle avec un soupir.

— Pourquoi ne pas l'avoir fait ? Parce que, en réalité, vous souhaitiez sa venue ?

— Non, pas vraiment.

Elle secoua lentement la tête ; elle semblait pensive.

— Je me disais, je crois, que, si je ne parvenais pas à amener maman à... à changer d'avis, Alex n'avait guère de chance d'y parvenir. Pour le reste...

Avec un semblant de rire, elle écarta les deux mains.

— Pour le reste, je pensais avoir soulevé toutes les objections nécessaires pour le dissuader de venir.

Francis, les sourcils froncés, enfonça les mains dans les poches arrière de son jean.

— Et ça a suffi pour inciter Thérèse à vous secouer d'importance ?

— C'était la goutte d'eau qui a fait déborder le vase, m'a-t-elle dit, expliqua Gaëlle d'un air sombre.

Les yeux baissés, elle examinait le bout poussiéreux de ses mocassins.

— Elle était déjà très gênée, très contrariée en le voyant arriver. Quand il a annoncé à votre père qu'il était là sur mon invitation et s'est mis, aussitôt après, à sermonner ma mère...

Pour cacher son chagrin, elle ébaucha un geste fataliste.

— Elle s'est sans doute dit qu'elle ferait aussi bien de se débarrasser d'un coup de toute opposition en me renvoyant, moi aussi, à Adélaïde.

— Mais, en ce qui vous concernait, c'était une simple recommandation, pas un ordre, souligna-t-il.

Elle émit un rire sans joie.

— Oui, à condition que je ne me permette plus aucun commentaire sur sa décision. Et elle savait très bien que je ne voudrais jamais... je ne pourrais pas accepter un tel ultimatum !

— Avez-vous pris le temps de penser à sa souffrance, quand elle a dû vous parler ainsi ?

Sans prendre garde au ton soudain plus bref, elle laissa éclater son amertume.

— Et elle, a-t-elle songé à mes sentiments ? Elle m'a bien fait comprendre qu'elle n'avait plus besoin de moi, avec les Montgomery pour s'occuper d'elle ! Eh bien, si tel est son désir, je...

— Ce n'est fichtrement pas son désir, et vous le savez parfaitement ! Vous ne partirez pas avec cet Alex, autant vous ôter tout de suite cette idée de la tête.

— Vraiment ? Ça, c'est votre opinion ! Je ne resterai pas ici après...

— Oh, mais si ! déclara-t-il du même ton autoritaire.

— Certainement pas ! Maman m'a bien fait voir...

— Que votre opposition la déchirait !

Il l'interrompait pour la troisième fois, mais avec une colère croissante.

— Vous en moqueriez-vous ?

— Vous n'avez pas le droit de me parler ainsi ! Si je suis venue ici, c'est précisément par amour pour elle !

Les yeux bleus railleurs l'examinèrent.

— Mais, à votre habitude, vous préférez fuir quand la situation se complique, hein ?

— Comme mon père ? C'est ce que vous voulez dire ?

Il inclina gravement la tête.

— Il existe certaines ressemblances, on dirait.

Sans doute avait-il espéré la décontenancer, comme la première fois qu'il avait fait cette comparaison. Gaëlle se jura de le décevoir. En dépit d'une respiration un peu oppressée, elle parvint à le regarder sans broncher.

— Alors, elle sera certainement heureuse de me voir partir, comme elle a été heureuse de son départ à lui ! affirma-t-elle avec une indifférence simulée.

— Allons donc !

Francis agita un doigt sévère devant le visage de la jeune fille.

— Vous ne vous en tirerez pas aussi facilement, ma douce. Je vous l'ai déjà dit, *vous restez ici,* que ça vous plaise ou pas ! Il est temps de vous montrer le monde tel qu'il est, et...

Il lui prit le menton entre le pouce et l'index.

— ... vous allez vous excuser auprès de Thérèse.

Furieuse, Gaëlle se dégagea. Une telle arrogance était intolérable.

— Moi, des excuses ? dit-elle, incrédule. A peine descendue de voiture, je me suis fait traîner dans la boue ! Et je suis très capable de voir le monde tel qu'il est sans votre assistance, merci quand même !

— Vous me surprenez, fit-il. Je ne vous aurais jamais crue capable de sortir la tête du sable assez longtemps pour regarder quoi que ce soit.

— Réellement ? Eh bien, laissez-moi vous dire une chose, Francis Montgomery : bien des aspects, en moi, vous surprendraient probablement !

— Vous m'intriguez. Raison de plus pour vous garder ici un peu plus longtemps, peut-être ?

Pour lui permettre d'analyser, se dit-elle, chacun de ses mouvements, chacune de ses réactions, comme un savant en quête d'une nouvelle découverte ? Certainement pas, si elle avait son mot à dire ! Il lui amenait déjà bien assez de problèmes, d'une façon ou d'une autre.

— Vous seriez peut-être *surpris,* ai-je dit. Je n'ai pas parlé d'*intérêt,* souligna-t-elle, en mettant dans sa voix une nuance d'amusement un peu moqueur.

— Vous ne me croyez pas meilleur juge, en l'occurrence ?

Il le faisait exprès. Irritée, elle changea de position, sous le regard pénétrant.

— C'est possible, acquiesça-t-elle avec une nervosité qui l'épouvanta.

Elle se hâta d'ajouter :

— Mais pas nécessairement, bien sûr.

— Non, évidemment.

Le ton était si ironique qu'elle n'osa même pas

baisser sa garde. Mais il sourit soudain, comme s'il percevait son agitation intérieure, et le sourire était trop séduisant pour apaiser son inquiétude.

— Pour le moment, dit-il, je vous propose de me présenter à votre Alex, puisque nous en avons encore le temps avant le dîner.

— Ce n'est pas *mon* Alex ! protesta-t-elle. Et vous n'avez pas besoin de moi pour vous présenter. Si j'ai bien compris, il s'entretient avec votre père. Laurent devrait donc pouvoir se charger des présentations.

Elle voulait à tout prix échapper à la troublante compagnie de Francis. Par ailleurs, elle avait l'impression qu'Alex et lui n'étaient pas faits pour s'entendre, et elle préférait ne pas se trouver là lors de leur première rencontre — surtout dans les circonstances présentes !

— Une fois de plus, vous prenez la fuite, c'est ça ?

— Non, répondit-elle vivement, tout en se sentant un peu coupable.

Cette fois, il avait sans doute plus ou moins raison, se disait-elle, même si c'était la prudence et non la peur qui l'incitait à ne pas rester avec lui.

— Je n'ai pas envie de me compromettre davantage, c'est tout.

— Compromise, vous l'êtes déjà, petite rouquine, ne vous y trompez pas... et jusqu'à votre joli petit cou ! D'ailleurs, ne lui devez-vous pas au moins la faveur d'un bonjour !

— J'avais l'intention d'y aller après m'être douchée et changée, affirma-t-elle. Et ne m'appelez pas petite rouquine, poursuivit-elle. J'ai horreur de ce genre de surnoms.

— Mais « ma douce » est acceptable, je suppose ? Vous n'avez pas encore soulevé d'objections.

— C'est... ce n'est pas la même chose, balbutia-t-elle. Ce n'est pas un surnom, c'est un... une...

— Un mot tendre ? suggéra-t-il.

En dépit d'elle-même, elle rougit violemment.

— A la manière dont vous le dites généralement, c'est plutôt un sarcasme.

Une lueur d'humour brilla dans le regard de Francis.

— Jamais de la vie ! s'écria-t-il.

Elle baissa les yeux.

— Bon, si vous avez fini de vous moquer de moi, ne devrions-nous pas rentrer ? Si, toutefois, vous avez toujours l'intention de faire la connaissance d'Alex avant le dîner.

Elle s'efforçait de mettre enfin un peu de fermeté dans sa voix.

— Oh, c'est bien mon intention. Mais vous, vous n'êtes pas pressée de le voir, n'est-ce pas ?

— Pas particulièrement, fit-elle avec un haussement d'épaules. Il commence à se faire tard, c'est tout.

Le chœur nocturne des insectes avait déjà commencé.

— C'est vrai, répondit-il en souriant. Et, comme vous le dites, l'estimable Alex nous attend.

Gaëlle laissa passer la remarque sans commentaire. Pourtant, une appréhension nouvelle venait s'ajouter aux autres. De toute évidence, Francis n'était pas particulièrement bien disposé envers l'assistant de Thérèse !

Après le dîner, Alex passa sur la véranda, et Gaëlle le suivit aussitôt : elle trouvait là la première occasion de lui parler en privé.

— Au nom du ciel, qu'avez-vous dit à maman, en arrivant, cet après-midi ? Elle était dans une rage noire, déclara-t-elle, après avoir vérifié qu'ils étaient hors de portée de voix.

Les sourcils châtain clair d'Alex marquèrent sa surprise.

— Je lui ai seulement fait remarquer qu'elle prenait une décision fâcheuse et au mauvais moment.

— Seulement ! répéta-t-elle d'une voix étouffée, épouvantée. N'auriez-vous pu attendre de m'avoir vue, au lieu de vous lancer dans un sermon, à peine arrivé ?

Vous avez obtenu un beau résultat : nous avons perdu toute chance de la faire changer d'avis.

— Je me suis contenté de lui donner mon opinion et j'en aurais fait autant à n'importe quel moment, déclara-t-il, vexé. D'ailleurs, vous n'avez pas eu une grande influence sur elle, apparemment, depuis que vous êtes ici. Ce qui n'a peut-être rien de bien surprenant : à mon arrivée, vous étiez partie en pique-nique pour la journée.

— Oh, ne soyez pas ridicule ! explosa-t-elle.

Elle avait peine à garder son sang-froid. Mais, après tout, la rencontre avec Francis, avant le dîner, avait été pénible, comme elle l'avait prévu.

— Si j'y suis allée, c'est parce qu'on ne m'a pas laissé le choix. Comme pour ce rassemblement des buffles, demain... Et, puisque nous parlons de progrès... Maman, au moins, me parlait encore, avant votre arrivée. C'est fini, maintenant. Merci beaucoup.

— Comment pouvais-je prévoir qu'elle allait se mettre dans tous ses états ? D'ordinaire, elle écoute mes avis.

— En affaires, peut-être, mais ce n'est pas le cas, cette fois. Vous n'aviez pas remarqué ce petit détail ?

— Si je ne l'avais pas remarqué, vos sarcasmes ne seraient sûrement d'aucun secours, dit-il avec aigreur.

— Voyez-vous maintenant autre chose qui puisse être d'un secours quelconque ? demanda-t-elle.

Il soupira profondément. Son visage aux traits aigus était maussade.

— Thérèse m'a conseillé — ou plutôt commandé — de vous accompagner demain, pour cette satanée chasse. Je m'en serais bien passé, je vous assure !

— Alors, peut-être n'auriez-vous pas dû vous montrer si dédaigneux, quand il en a été question, pendant le dîner. C'est l'un de ses projets favoris, depuis quelque temps, vous le savez bien.

— Mais je ne pensais pas être appelé à y participer physiquement, gémit-il. Bon sang, parcourir la brousse en tous sens dans une jeep n'est pas du tout mon style, elle le sait bien !

Il esquissa une grimace railleuse.

— Je laisse ça aux types qui ont envie de passer pour des durs !

La remarque devait viser Francis, se dit Gaëlle. Elle préféra ne pas exprimer à haute voix sa pensée : pour elle, l'impression de force virile dégagée par Bernard et Francis n'avait rien à voir avec une image artificielle.

Elle poursuivit un peu tristement :

— Maman sait autre chose aussi : si nous sommes quelque part dans la brousse, nous ne serons pas ici pour essayer de la convaincre, vous ne croyez pas ?

— Autrement dit, c'est simplement un prétexte pour se débarrasser de nous ? fit-il d'un ton scandalisé.

— A mon avis, c'est une forte possibilité, répondit-elle en haussant philosophiquement les épaules.

Les yeux d'Alex, d'un brun jaunâtre, la scrutaient attentivement.

— Ça n'a pas tellement l'air de vous contrarier, accusa-t-il.

— Sans doute parce que je commence à penser que nous nous battons pour une cause perdue d'avance, soupira-t-elle. Maman semble bien décidée à épouser Laurent, et rien de ce que nous pourrons dire ne l'en empêchera.

— Et l'agence ? Que va-t-elle devenir dans tout ça ? questionna-t-il vivement. Thérèse s'en moque donc éperdument, maintenant qu'elle est « casée » ?

— Mais non, bien sûr. Sinon, elle ne chercherait plus à prendre toutes les dispositions nécessaires en vue de ces séjours chez l'habitant qui lui tiennent tant à cœur. Et que veut dire cette expression : « maintenant qu'elle est casée » ? demanda-t-elle plus rudement.

Le ton sarcastique d'Alex lui avait déplu.

— C'est évident, non ?

Cette fois, le cynisme était manifeste.

— Hier, comme nous en étions convenus, j'ai entrepris quelques recherches à propos des Montgomery, et, croyez-moi, toutes les pièces du puzzle n'ont pas tardé à se mettre en place.

— C'est-à-dire ?

— Nous sommes les dindons de la farce, naturellement ! Laurent Montgomery n'épouse certainement pas Thérèse pour son argent. C'est tout le contraire ! affirma-t-il avec vigueur.

Furieuse, elle le dévisagea. Fanny avait exprimé la même conviction, et c'était déjà révoltant. Mais entendre Alex l'exprimer à son tour redoublait sa rage.

— Vous avez un toupet incroyable ! Jamais maman ne ferait une chose pareille ! Elle est amoureuse de Laurent... ou elle croit l'être, ajouta-t-elle à regret.

— Et le fait que la famille baigne littéralement dans l'or n'a rien à voir dans l'affaire, je suppose ?

Une grimace sarcastique se dessina sur les lèvres d'Alex.

— Allons, Gaëlle, ça va bien. Je ne vous aurais jamais crue aussi naïve ! Thérèse fait sa pelote quand l'occasion s'en présente, naturellement. Sinon, pourquoi se refuserait-elle même à en parler, à votre avis ? Parce qu'elle ne veut pas éveiller nos soupçons, voilà tout ! Et c'est précisément la raison pour laquelle je me suis fait secouer tout un après-midi dans cette infernale camionnette... Je la vois d'ici se débarrasser de l'agence, sans même une pensée pour l'accord verbal qui existe entre nous : elle pourrait ainsi jouer le rôle de la veuve fortunée et mettre tout le monde en défaut.

— Comment une telle idée peut-elle même vous venir à l'esprit ? protesta-t-elle, médusée. C'est tout ce qui vous tracasse, hein ? Cette fichue agence ! Le bonheur de ma mère, vous vous en moquez comme d'une guigne ! Non, ce qui vous inquiète, c'est le risque de voir vos propres projets contrariés !

— Pas entièrement, affirma-t-il, sans toutefois soutenir le regard flamboyant de la jeune fille. Je juge effectivement sa décision impulsive et précipitée, mais, en même temps, je me sens une obligation à remplir en ce qui nous concerne.

— En ce qui *nous* concerne ? répéta-t-elle sans comprendre.

— Je ne pense pas seulement à mon gagne-pain, voyez-vous, mais au vôtre aussi, expliqua-t-il avec un sourire insinuant.

— Vraiment ?

Le ton de Gaëlle traduisait une parfaite incrédulité.

— Et pourquoi vous soucieriez-vous de mon gagne-pain ?

— Vous avez travaillé dur, je le sais, pour aider Thérèse à faire de l'agence ce qu'elle est aujourd'hui, et...

Il se rapprocha de la jeune fille pour continuer avec une suavité confidentielle :

— ... ces derniers mois, vous avez pris pour moi une grande importance : j'espérais...

— Oui ? coupa-t-elle, soudain glaciale.

— J'espérais que, si vous et moi... si nous nous... unissions, dirai-je, Thérèse prendrait peut-être la décision de se retirer, et nous pourrions diriger l'agence à nous deux, acheva-t-il d'un ton onctueusement persuasif.

La jeune fille se sentit envahie d'une rage froide. Après avoir eu l'effronterie de traiter pratiquement sa mère d'exploiteuse, il avait maintenant la présomption de s'attendre à la voir tomber dans ses bras comme un fruit mûr !

— Et, de cette façon, vous n'auriez pas à verser le moindre argent pour mettre la main sur l'affaire, n'est-ce pas ? lui lança-t-elle avec mépris.

Deux taches pourpres apparurent sur les pommettes d'Alex.

— Non, vous vous trompez, s'empressa-t-il de protester. Je pense surtout à vous. A votre bien-être, à votre bonheur.

Il parut soudain céder à ses émotions, prit la jeune fille par les bras pour l'attirer contre lui.

— Il faut me croire ! Je n'avais rien dit jusqu'à présent parce que le moment ne me semblait pas venu, mais il ne s'agit pas seulement de l'agence... Ce que je veux surtout, c'est vous ! Ces derniers temps, vous ne quittez jamais mes pensées, et, quand je suis avec vous, j'ai le feu dans les veines ! déclara-t-il d'une voix rauque.

Et il pencha la tête vers elle.

Parfaitement indifférente à ce qui était, elle en était convaincue, un appel calculé à ses sentiments, Gaëlle, les mains posées à plat contre la poitrine d'Alex, le repoussa violemment. Il perdit l'équilibre, alla donner contre la balustrade de la véranda.

— Alors, je vous conseille une douche froide pour éteindre l'incendie ! fit-elle ironiquement, avant de passer en trombe devant lui.

— Vous avez de plus hautes ambitions, je suppose ? insinua-t-il avec un rictus malveillant.

Comme il la connaissait mal ! Elle se retourna à demi pour poser sur lui un regard de pitié.

— Mieux vaudrait cela, en tout cas, plutôt que d'accepter un crapaud dévoré d'ambition, déclara-t-elle d'un ton suave.

Et elle le planta là.

Evidemment, mieux vaudrait aussi pour elle montrer la même indifférence à l'égard d'un autre homme, se dit-elle pensivement. Mais une idée réconfortante lui vint : elle connaissait Alex depuis beaucoup plus longtemps; sans doute finirait-elle par acquérir la même immunité vis-à-vis de Francis.

7

Le lendemain matin, le soleil venait tout juste de se lever quand ils partirent. L'hélicoptère piloté par Bernard produisait un vacarme anormal dans l'air frais et tranquille, et des milliers d'oiseaux, interrompus dans leur sommeil, y ajoutaient une cacophonie de cris aigus.

Pour ceux qui demeuraient à terre, trois Land Rover assuraient le transport. Gaëlle, vêtue de son plus vieux jean accompagné d'une chemise à carreaux, coiffée du malheureux chapeau de Fanny — qui avait emprunté à Roselyne un couvre-chef plus respectable — s'installa sur le siège du premier véhicule. Derrière elle, Fanny et Alex en faisaient autant, la jeune fille avec des exclamations surexcitées, Alex avec une visible répugnance.

Leurs conducteurs, deux bouviers nommés Andy et Norman, portaient, comme Francis, des chemises de coutil délavées et des shorts ; ils étaient chaussés de solides bottes de cuir sur de hautes chaussettes de laine. Un quatrième véhicule, occupé par trois autres hommes, avait déjà pris les devants.

Francis s'installa près de la jeune fille, après avoir sifflé deux chiens qui montèrent à l'arrière.

— Tout va bien ? demanda-t-il.

— Oui, je suppose.

Il se pencha légèrement en avant pour tourner la clé de contact et lança à sa voisine un coup d'œil ironique.

— Ne vous laissez surtout pas emporter par

l'enthousiasme : vous pourriez vous trouver subitement intéressée !

Comme toujours en sa présence, elle perdit aussitôt le peu de sang-froid qui lui restait.

— J'ai pas mal de préoccupations, figurez-vous !

— En ce qui concerne Thérèse ou bien... notre grand spécialiste de la discorde ? demanda-t-il avec un signe de tête par-dessus son épaule.

Ce n'était certainement pas Alex qui la préoccupait ! Pas après les accusations injustifiables portées contre sa mère. Elle avait déjà oublié la tentative cauteleuse d'Alex pour prendre, grâce à elle, la haute main sur l'agence.

— A cause de ma mère, naturellement, répondit-elle. Pendant le dîner, hier soir, elle m'a pratiquement ignorée.

— L'ami Alex, il faut le reconnaître, n'a rien arrangé avec sa continuelle dissension, fit son compagnon en démarrant.

— Et pourquoi porterais-je la responsabilité de ce qu'il dit ?

— Sans doute parce que Thérèse vous attribue une unique pensée commune : empêcher à tout prix son mariage !

Gaëlle, mal à l'aise, changea de position sur son siège.

— Oui... Mais... même dans ce cas, je trouve injuste de sa part de m'attribuer les mêmes sentiments que lui, protesta-t-elle d'un air maussade.

— Aurait-elle tort ?

— Oui ! Tout ce qui l'intéresse, lui, c'est...

Elle s'interrompit net : elle en disait trop, et ce n'était pas l'affaire de Francis

— Bah, peu importe ce qui l'intéresse, reprit-elle en haussant négligemment les épaules. Il ne s'exprime pas en mon nom, c'est tout ce qui compte.

— Je vois.

Francis continuait à regarder droit devant lui, mais il

était impossible d'ignorer le sourire sarcastique qui lui retroussait les lèvres.

— Et comment en êtes-vous arrivée à la conclusion surprenante mais parfaitement prévisible que M. Carson s'intéressait uniquement aux effets possibles de ce mariage sur ses propres ambitions ?

— Comment le saviez-vous ? demanda-t-elle involontairement, mi-stupéfaite, mi-soupçonneuse.

— Thérèse n'a jamais cessé d'en être convaincue.

— Elle en a parlé avec vous ?

— Et avec mon père.

— Mais pas avec moi, dit-elle avec une certaine amertume.

— Vous seriez-vous montrée particulièrement réceptive, si elle l'avait fait ?

La jeune fille était incapable de répondre avec certitude à cette question.

— Elle aurait pu au moins m'accorder le bénéfice du doute ! Ou alors, seules les opinions des Montgomery l'intéressent désormais ?

— Pourriez-vous lui en vouloir, si c'était le cas ? riposta-t-il. Vous avez une idée fixe sur la question et vous vous refusez à voir l'évidence, plus encore à l'admettre.

— C'est votre avis !

— Celui de Thérèse aussi, apparemment.

Sous la réplique tranchante, Gaëlle se mordit les lèvres et détourna vivement la tête pour lui cacher à quel point il l'avait blessée. Même s'il disait vrai, ce n'en était pas plus supportable.

Près d'elle, Francis se frotta énergiquement le front et exhala un profond soupir.

— Je vous demande pardon. Je n'aurais pas dû dire ça, fit-il d'un ton rude.

— Ça ne fait rien, répondit-elle sourdement, en secouant légèrement la tête. Pourquoi me feriez-vous des excuses pour avoir dit la vérité ? Vous vous êtes au moins bien fait comprendre, ajouta-t-elle.

Elle voulut émettre un petit rire nonchalant, n'y parvint pas et se réfugia dans le silence.

Francis, avec un juron marmonné, lui jeta un coup d'œil exaspéré.

— Bon sang, quelle contradiction vous êtes !

Sous l'effet de la surprise, la jeune fille se retourna brusquement vers lui mais reprit aussitôt son attitude défensive. Une expression indéfinissable, dans les yeux de son compagnon, ajoutait encore à la confusion de son esprit.

— Ecoutez-moi ça ! railla-t-elle d'une voix tremblante. Si je n'étais pas certaine du contraire, je pourrais presque croire...

— Oui ? Quoi ?

— C'est sans importance, dit-elle avec un geste indifférent.

Ils ne suivaient pas le chemin de la veille, remarqua-t-elle soudain. Elle saisit avec soulagement l'occasion de changer de conversation.

— Nous n'allons pas à la vallée, aujourd'hui ? interrogea-t-elle.

Dans le bref silence qui suivit, elle se demanda avec appréhension s'il avait l'intention d'insister pour lui faire préciser sa pensée. Mais elle se détendit en l'entendant expliquer :

— Non. Bernard, avec l'hélicoptère, les chassera plus facilement de la vallée. Nous faisons le tour par le sud pour intercepter les bêtes quand elles émergeront dans la plaine.

— Et où les emmènerez-vous ensuite ?

Elle devait coûte que coûte le maintenir sur ce sujet.

— Vers le nord. Nous avons par là des enclos dissimulés au plus épais de la brousse. Le premier véhicule y est allé pour tout préparer.

— Et quand ils seront dans les enclos ?

— Nous les trierons. Les jeunes que nous voulons garder seront ramenés au domaine, les autres envoyés à l'abattoir.

Il posa sur elle un regard méditatif.

— Autre chose ?

— Oui, dit-elle vivement.

Elle voulait ignorer la façon dont ce regard déconcertant avait précipité les battements de son cœur.

— Pourquoi les enclos sont-ils dissimulés dans la brousse ? Ne serait-il pas plus facile d'y rassembler toutes les bêtes s'ils étaient en terrain découvert ?

Il secoua la tête.

— Ainsi, les enclos sont camouflés. Par ailleurs, les buffles se dirigent toujours d'instinct vers la brousse : ils y voient leur meilleure chance de nous échapper. En terrain découvert, on a un mal du diable à les empêcher de se disperser dans toutes les directions.

— Voilà pourquoi il vous faut trois véhicules ?

— Exactement. Un sur chaque flanc, un à l'arrière, et l'hélicoptère là-haut pour les forcer à courir.

Il éclata de rire.

— Ce qui ne les empêche pas de nous compliquer parfois la tâche !

— Quand ils chargent ?

Elle se rappelait avoir entendu Bernard faire allusion, la veille, à cette possibilité. Malgré elle, son regard se fixa sur la solide barre d'acier qui défendait l'avant de la voiture.

— Ils nous chargeraient, nous ? souffla-t-elle.

— Mmm.

Gaëlle prit soudain une conscience aiguë de l'espace vide, près d'elle, là où aurait dû se trouver une portière.

— S'il en vient un de ce côté…

Elle frissonna.

— Dans ce cas, nous pourrions bien nous trouver tous les deux dans une situation critique, compléta Francis ironiquement. Un buffle qui charge de flanc peut renverser sans grand effort un véhicule comme celui-ci.

— Oh, fantastique ! Du coup, je me sens vraiment mieux, s'exclama-t-elle avec un humour qui sonnait faux. Aviez-vous vraiment emmené ma mère dans cette voiture ? Ou bien avez-vous enlevé les portières pour mon seul bénéfice ?

— Non, c'est la même, répondit-il avec un large sourire. Mais, pour vous mettre l'esprit en repos, je vais vous dire une chose : c'est mon rôle de veiller à ce qu'ils chargent uniquement sur l'avant de la voiture.

— Encore faudrait-il savoir si vous jouez bien votre rôle.

— Je suis toujours là, non ?

— C'est vrai. Mais peut-on en dire autant de vos précédents passagers, voilà la question.

— Votre mère m'a accompagné.

— Et les autres ?

— Ne vous inquiétez pas : ils n'ont pas souffert... on a simplement dû raccommoder les os brisés, naturellement.

Elle le soupçonnait fort de se moquer d'elle mais elle n'en était pas sûre. Aussi hasarda-t-elle :

— Vous plaisantez... j'espère ?

Il se contenta d'abord de hausser les épaules sans répondre. Mais il vit la jeune fille plisser le front avec inquiétude et s'amadoua.

— Vous avez raison, dit-il, je plaisante.

Un bref instant, il posa sur elle un regard plus grave.

— Mais là où je ne plaisante plus, c'est quand je vous dis que ça *peut* être dangereux. Tâchez de vous cramponner solidement, une fois la poursuite commencée, d'accord ?

Elle hocha docilement la tête.

Bientôt, le paysage, autour d'eux, changea : le terrain était maintenant plus plat, plus découvert, les arbres plus rares ; pour la première fois, on apercevait de temps à autre, dans les vastes prairies, du bétail qui paissait. L'Intérieur avait tout de même du bon, se disait Gaëlle : on y trouvait une indicible paix... du moins, après la disparition de l'hélicoptère, corrigea-t-elle.

Elle se renversa contre le dossier de son siège et se perdit dans ses pensées. Ses yeux étaient irrésistiblement attirés vers le profil de l'homme assis à ses côtés. Il semblait totalement absorbé par sa conduite, et la jeune fille sursauta lorsque, soudain, elle croisa le regard des yeux bleus, ponctué d'un haussement de sourcils interrogateur, comme s'il avait pris conscience de son examen. Elle se sentit obligée de se justifier :

— Je me demandais… commença-t-elle gauchement. Avez-vous jamais soupçonné ma mère de vouloir épouser votre père pour sa fortune, Francis ?

Au début, elle avait elle-même cru le contraire, et les récentes accusations d'Alex avaient réveillé cette idée. La réaction de son compagnon la prit totalement au dépourvu. Elle ouvrit de grands yeux en s'entendant condamner avec violence :

— Vous êtes vraiment une petite garce ! Vous êtes prête à dire n'importe quoi, même à discréditer votre propre mère, pour en arriver à vos fins !

— Mais non ! protesta-t-elle d'une voix rauque. Vous vous trompez complètement !

— Et comment ?

— Mais si ! insista-t-elle. Je ne voulais pas insinuer qu'elle épousait Laurent pour cette raison-là.

— Ah non ? fit-il sardoniquement.

— Non !

La colère, l'indignation envahissaient Gaëlle.

— Ça va peut-être vous étonner, mais j'ai une trop haute opinion de ma mère pour songer même à la dénigrer ainsi, quelles que soient les circonstances ! Je n'ai pas dit qu'elle épousait Laurent pour son argent ; je vous ai seulement demandé si vous l'aviez soupçonnée de le faire.

— Eh bien, la réponse est « non » ! Il aurait fallu être aveugle pour ne pas voir, dès le début, pourquoi elle voulait l'épouser, répliqua-t-il du même ton hostile. Mais ne vous avisez pas de vouloir passer votre rancune sur moi, ma douce : si tout le monde a de vous la pire opinion possible, vous devez vous en prendre uniquement à vous. Vous avez abondamment fait la preuve, depuis le coup de fil de Thérèse, que vous étiez prête à vous servir de n'importe quel argument pour parvenir à séparer ces deux êtres. Alors, ne commencez pas maintenant à vous plaindre si vous récoltez ce que vous avez semé !

A l'entendre, la position de Gaëlle était indéfendable, pourtant... elle n'avait pas eu entièrement tort, sûrement ? Après tout, elle avait eu l'intention de protéger sa mère. Certes, elle n'aurait peut-être pas dû donner à ce point libre cours à ses sentiments, mais cet appel téléphonique avait représenté un choc. Elle s'était alors rappelé les précédentes remarques de sa mère à propos d'un remariage. Quoi d'étonnant si ses soupçons s'étaient éveillés ?

Francis, lui, ne semblait pas lui accorder le droit au moindre doute, constata-t-elle tristement : il avait repris la même expression redoutable que durant le trajet en avion jusqu'à Mundamunda, et c'était cela surtout qui la désemparait. Elle ne parvenait pas à comprendre pourquoi... Peut-être parce qu'elle n'avait pas l'habitude de voir ses actions aussi mal interprétées et sommairement condamnées.

Dans un effort pour tenter de modifier l'attitude de son compagnon, elle déclara timidement :

— En fait, je disais à Alex, hier au soir, qu'à mon avis nous livrions une bataille perdue d'avance.

Il se contenta de répliquer ironiquement :

— Ce qui était de votre part extrêmement magnanime !

— Ce n'était pas mon intention. J'essayais seulement d'expliquer...

— Quoi ? coupa-t-il durement. Sinon ceci : Thérèse vous a fait clairement comprendre qu'elle ne voulait plus entendre vos objections ; du coup, vous commencez seulement à admettre à quel point ce projet lui tient à cœur, mais vous préféreriez la peiner douloureusement plutôt que d'avouer votre erreur.

Les yeux de la jeune fille se brouillèrent de larmes.

— Est-ce vraiment votre opinion ? murmura-t-elle d'une voix étouffée.

— Ça m'a tout l'air d'être ça.

Les larmes menaçaient de déborder. Elle se passa hâtivement la main sur les yeux. Francis lui jeta un coup d'œil pénétrant, saisit le miroitement du regard couleur d'émeraude et, d'un geste irrité, se passa la main dans les cheveux.

— Oh, bon Dieu ! jura-t-il. Allez-vous quitter cet air d'enfant qui ne sait pas pourquoi on l'a puni ?

— Alors, cessez de me traiter en enfant ! J'étais encore à l'école, la dernière fois que j'ai agi par dépit ! lui cria-t-elle.

Les lèvres de Francis frémirent légèrement.

— Très bien, si ce n'est pas ça, auriez-vous l'obligeance de me donner vos raisons ?

— Je l'ai déjà fait, mais vous persistez à ne pas me croire, soupira-t-elle.

— Vous ne voulez pas dire…

— Mais si, justement. C'est… c'est folie de leur part de songer au mariage après si peu de temps.

— Hum… Mais vous n'avez pas précisément une haute opinion des hommes ni du mariage, quelles que soient les circonstances, n'est-ce pas ?

— Ça n'a rien à voir, protesta-t-elle, sans toutefois pouvoir s'empêcher de rougir.

Un sourire s'ébaucha, à contrecœur, sur les lèvres de Francis et le rendit encore plus séduisant.

— Selon vous, ça n'influence pas votre attitude ?

Elle avala convulsivement pour déloger la boule qui semblait s'être formée dans sa gorge.

— Non… En fait, je… votre père me plaît.

C'était un aveu qui la surprit elle-même.

— Et, si maman doit se remarier, j'aimerais autant que ce soit avec lui.

— C'est déjà quelque chose, je suppose.

Le sourire s'accentua.

— Et ce « si peu de temps » représente-t-il votre seule objection ? reprit-il.

— N… non. A mon avis, il faudrait aussi savoir si maman pourra s'adapter à la vie de l'Intérieur, après avoir mené une existence citadine très occupée. Tout le monde n'en serait pas capable, vous savez.

— Vous, par exemple ?

— Je… tout dépendrait sans doute des circonstances.

Là encore, elle n'aurait jamais imaginé répondre ainsi. Sans doute était-elle influencée par la sérénité de l'environnement, comme au bord du lac, derrière la vieille maison.

— Je n'ai jamais cru en être capable mais, après tout, je n'ai non plus jamais essayé.

— Alors, vous allez sans doute être heureuse de l'apprendre : Thérèse se réjouit à l'avance de cette perspective.

— Vraiment ? fit Gaëlle, sans pouvoir cacher sa stupéfaction.

Jamais sa mère n'avait exprimé le désir de vivre ailleurs qu'en ville. Certes, elle avait de bonnes raisons, mais tout de même…

— Ça doit représenter pour elle une nouveauté, provisoirement.

Pour quelque mystérieuse raison, Francis parut s'amuser de sa réponse.

— Oh, ma douce, vous êtes incroyable ! fit-il en riant.

— Parce que je tiens à peser le pour et le contre ? demanda-t-elle, vexée.

— Parce que vous êtes bien décidée à découvrir des obstacles. Pourquoi ne pas vous détendre et laisser à Thérèse et à mon père le soin de régler leurs propres problèmes quand ils se présenteront… s'ils se présentent ? A vous entendre, on la prendrait, elle, pour votre fille, au lieu du contraire.

— Mais nous nous sommes toujours consultées, sur les questions importantes, se défendit-elle vivement, non sans un certain embarras.

Devant lui, elle se faisait l'effet d'une vieille tante maniaque.

— Vous-même, vous ne discutez jamais avec Laurent ?

— Jamais de sujets personnels. Pour moi, il est d'âge à prendre ses propres décisions... et à corriger ses propres erreurs, s'il en commet.

— Je comprends... Mais, ajouta-t-elle après un instant de réflexion, si je ne dis rien, et si, par la suite, ça ne marche pas, elle...

— Gaëlle ! l'interrompit-il, avec un mélange d'exaspération et d'incrédulité. Voulez-vous oubier tout ça et répondre à une question ?

— Quel genre de question ? s'enquit-elle avec méfiance.

— Elle est très pertinente, vous en conviendrez certainement. La voici : êtes-vous bien sûre que Thérèse vous ait demandé votre opinion, à propos de ce projet ?

Un silence s'établit entre eux. Elle essayait de reconstituer sa conversation avec sa mère. Oui, Thérèse avait dû lui demander son avis ! Elles discutaient toujours ensemble des problèmes qui les concernaient toutes les deux.

— Alors ? murmura Francis.

— Non, je ne crois pas, avoua-t-elle enfin, abattue, désemparée.

Il insista doucement :

— Ce qui indique assez la force de ses sentiments, vous ne croyez pas ?

— Oui, je suppose, reconnut-elle à regret.

Il était déprimant de se rendre compte que son avis n'était plus sollicité, soudain. Elle comprenait du coup combien l'existence de sa mère serait désormais distincte de la sienne. Mais elle n'avait aucun désir de débattre de cet aspect avec Francis. Elle chercha désespérément un autre sujet de conversation.

Par chance, ils étaient presque parvenus à l'extrémité de la vallée, à l'endroit où elle débouchait sur les vastes prairies. Le ronronnement de l'hélicoptère leur parvint nettement, dans l'air tranquille.

— Nous arrivons juste à temps, s'écria-t-elle.

— Non, il est encore à une certaine distance, dit-il avec une nuance d'ironie.

Il avait percé à jour son désir de changer de conversation.

— Alors, que faisons-nous, maintenant? Nous attendons?

— Dans un instant. Je veux me trouver un peu plus au nord quand Bernard les fera sortir. Nous pourrons peut-être ainsi les empêcher d'aller par là.

Il indiquait, sur leur droite, une zone marécageuse couverte de petits arbres aux troncs blancs.

— Que se passerait-il s'ils y arrivaient?

— Nous ne parviendrions peut-être pas à les en faire tous sortir et, de toute façon, nous perdrions pas mal de temps pendant que Bernard essaierait.

— Je vois... Vous pilotez parfois l'hélicoptère?

— Pourquoi? Vous préféreriez que j'y sois aujourd'hui?

Elle pinça les lèvres mais refusa de se laisser prendre au piège.

— Si je comprends bien, ça vous arrive?

— Mmm...

Gaëlle s'aperçut que le véhicule avait ralenti. Francis avait reporté toute son attention sur la tâche à accomplir.

Ils s'arrêtèrent. Le second véhicule, conduit par Norman, avec Fanny pour passagère, poursuivit son chemin sur une certaine distance avant de s'arrêter sur leur gauche. Le troisième, où Alex montrait un visage maussade, en fit autant sur leur droite. Les trois voitures formaient ainsi un V.

— Et maintenant, nous attendons? dit la jeune fille avec un sourire un peu nerveux.

Elle commençait à ressentir une légère inquiétude.

Francis leva la tête. L'hélicoptère était maintenant en vue, juste au-dessus de la cime des arbres.

— Pas trop longtemps, espérons-le, fit-il en souriant. Nous devrions les voir arriver d'une minute à l'autre.

Il ne se trompait pas. A peine avait-il fini de parler que le premier animal grisâtre apparut, promptement suivi de nombreux autres. Sur quoi, les trois véhicules se remirent en mouvement.

Après cela, le reste de la matinée devint un kaléidoscope de visions et de bruits étranges pour Gaëlle. Les voitures harcelèrent les buffles jusqu'à les rassembler en une espèce de troupeau et les poussèrent vers les plaines. Dans le dernier véhicule, il appartenait à Francis de ne pas laisser en arrière un seul animal, ce qui entraînait un va-et-vient continuel d'un côté à l'autre. C'étaient eux qui faisaient le plus de chemin et respiraient le plus de poussière. Ils attiraient aussi, se dit un moment Gaëlle, les buffles les plus hargneux.

Les deux premiers qui décidèrent qu'ils en avaient assez d'être pourchassés et préféraient regagner la vallée furent détournés de leur intention par une poursuite qui lançait le véhicule, à une vitesse record, entre les arbres et les termitières. Finalement, les deux bêtes furent contraintes de rejoindre les autres. Pendant cet exercice périlleux, Gaëlle s'était cramponnée d'une main à son chapeau et de l'autre à la carrosserie ; chaque brusque changement de direction la projetait, tantôt vers l'ouverture dépourvue de portière, tantôt contre Francis.

Le troisième animal à se formaliser de ce traitement arbitraire fut moins facile à persuader. Visiblement plus vieux et certainement plus gros que les deux autres, il considéra évidemment une attaque de front comme le meilleur moyen de se débarrasser de leur présence irritante. Il baissa sa tête énorme et chargea droit sur l'avant de la voiture.

Sous la violence du choc, la jeune fille fut ébranlée tout entière ; mais sans doute le buffle en avait-il ressenti le même effet : il tomba soudain à genoux. Il n'en fut pas découragé pour autant : presque aussitôt sur pieds, il renouvela son attaque de plus près, tandis que Francis avançait lentement pour bien lui montrer qui était le plus fort.

Finalement, la bête dut se rendre compte qu'elle perdait du terrain et, dans sa frustration, recourut à l'aide de ses longues cornes. A plusieurs reprises, elle parvint à ses fins : les cornes s'accrochaient à la barre ou se prenaient sous le pare-chocs avant et parvenaient à secouer violemment la voiture. Quand le buffle parut se rapprocher de plus en plus de son côté, Gaëlle décida le moment venu de prendre des mesures de protection et se serra contre son compagnon. A l'arrière, les chiens, maintenant debout — et la jeune fille se demandait comment ils parvenaient à garder leur équilibre — suivaient les manœuvres d'un regard où brillait l'intelligence mais n'émettaient pas le moindre son.

Francis n'avait pas quitté leur attaquant des yeux mais il avait perçu le changement de position de Gaëlle, et ses lèvres frémirent.

— Il faut un buffle hargneux pour vous pousser à vous rapprocher d'un homme, ma douce ? dit-il d'un ton taquin.

— Quelque chose de ce genre, riposta-t-elle. Si une autre solution s'était présentée, je l'aurais saisie de préférence, croyez-moi !

— Chipie ! fit-il en riant.

Et il lui enfonça le chapeau sur les yeux.

Sans se formaliser, elle ôta le couvre-chef, le remit en place.

— Je vous conseille de vous concentrer sur lui, au lieu de me taquiner, conseilla-t-elle.

Elle désignait leur attaquant qui continuait à se lancer sur leur véhicule. Elle avait tenté de parler d'un ton sérieux mais n'avait pu retenir un sourire.

— Si vous ne vous méfiez pas, il va planter une corne dans le pneu. Que deviendrons-nous, alors ?

— Nous changerons de pneu.

— Avec « ça » dans les parages ? demanda-t-elle en ouvrant de grands yeux.

— Il ne va plus rester là bien longtemps, déclara

Francis, fort de son expérience. Voilà l'hélicoptère qui va nous en débarrasser.

La jeune fille renversa la tête en arrière, une main en auvent sur les yeux. Elle répondit au salut de Bernard. Celui-ci descendit assez bas pour distraire l'attention du buffle et permettre ainsi à la Land Rover de reprendre sa patrouille.

Quand la voiture se remit en route, Gaëlle se retourna et, épouvantée, se couvrit la bouche de la main : l'animal tentait maintenant d'accrocher le train d'atterrissage de l'hélicoptère, suspendu à une soixantaine de centimètres au-dessus de lui.

— Oh, mon Dieu, il va faire tomber l'appareil ! souffla-t-elle malgré elle.

Francis ne prit même pas la peine de jeter un coup d'œil en arrière.

— J'en doute fort. Bernard est trop expérimenté pour ça.

— Mais il est tout près du sol ! s'écria-t-elle en fronçant les sourcils.

— Peronne n'a jamais dit que rassembler des bêtes était sans danger, répondit-il avec un haussement d'épaules impassible. Mais Bernard connaît son métier, je vous assure.

— Je l'espère, souhaita-t-elle en se retournant de nouveau. Oh, il a réussi à le faire repartir, Dieu merci !

Elle reprit sa position première et lança un coup d'œil à Francis.

— Volez-vous aussi bas, vous aussi, quand vous pilotez l'hélicoptère ? questionna-t-elle.

— Quand c'est nécessaire.

Il ralentit pour laisser passer le buffle qui trottait maintenant d'un air résigné, et permettre ainsi à Bernard de rejoindre le gros du troupeau.

— Parfois, vous venez de le voir, reprit-il, c'est le seul moyen de faire avancer ces animaux-là.

— Je n'avais pas envisagé de tels dangers, dit-elle pensivement. A cette altitude réduite, il doit être facile de s'écraser au sol, non ?

— Oh, ce n'est pas terrible en terrain découvert. Mais, quand on survole la brousse, si l'on doit descendre aussi bas, ça peut parfois devenir délicat.

« Délicat » était peu dire, pensa ironiquement la jeune fille.

— Vous avez votre brevet de pilote depuis longtemps ?

— Onze ans environ pour l'avion, huit ans pour l'hélicoptère. Pourquoi ?

Parce qu'elle lui portait un inexplicable intérêt, découvrit-elle soudain, épouvantée. Mais, naturellement, elle n'avait pas l'intention de le lui avouer.

— Je me posais simplement la question. Vous parlez de tout ça avec un tel détachement.

— C'est vrai, au bout d'un certain temps, ça devient une seconde nature, surtout quand on doit parcourir de longues distances. Et c'est le seul moyen de voyager... comme vous le dirait probablement Alex, ajouta-t-il avec un sourire éclatant.

Gaëlle saisit aussitôt l'allusion et ne put s'empêcher de sourire à son tour.

— Il n'a pas été terriblement satisfait de son trajet en camion, je crois, dit-elle. Ni par la randonnée d'aujourd'hui.

— Je m'en suis douté, à son expression quand il est monté en voiture. Mais j'aurais cru que votre présence le remonterait un peu.

— Je ne vois pas pourquoi !

— S'il faut en croire mon père, Alex, hier, a laissé entendre qu'il espérait vous amener, dans un proche avenir, à rendre plus... plus étroite votre association avec lui, révéla-t-il, non sans une pointe de moquerie.

— A-ah ! Il cherche seulement à se lier plus étroitement à l'agence ! Ce sale petit bonhomme intrigant ! s'écria-t-elle avec dégoût. En ce qui me concerne, notre association actuelle me suffit... à bonne distance !

Francis arqua railleusement les sourcils.

— Je croyais vous avoir entendue dire hier que vous

étiez heureuse de le voir prendre intérêt à vos affaires de famille ?

Evidemment, il avait retenu ça !

— Vous avez dû mal comprendre, répondit-elle d'un ton nonchalant.

— Au début, peut-être, mais je pense être maintenant sur la bonne longueur d'onde.

La remarque était énigmatique. Mal à l'aise, Gaëlle le regarda avant d'opter prudemment pour un changement de sujet.

— Vos enclos sont cachés là ? demanda-t-elle vivement.

Les trois véhicules semblaient pousser le troupeau vers une vaste zone de brousse, devant eux.

— C'est exact, acquiesça-t-il en ralentissant.

Les buffles, voyant là une chance de s'échapper, reprenaient maintenant le galop, dans leur désir d'atteindre le plus vite possible le couvert.

— Et nous devons veiller à ce qu'aucun d'eux ne nous fausse compagnie, continua Francis.

— Retourneraient-ils à la vallée ?

— Peut-être pas tout de suite, mais ils ne tarderaient pas à en retrouver le chemin.

Les véhicules de flanc se rapprochaient des animaux, les forçaient à se serrer les uns contre les autres, les guidaient insensiblement vers le long passage qui donnait accès au piège. Les premiers buffles y entrèrent sans se douter de rien mais, quand ils se trouvèrent en présence des enclos clôturés d'acier, ils voulurent aussitôt faire demi-tour.

Pendant un moment, un désordre indescriptible régna, parmi des tourbillons de poussière. Les chiens s'étaient mis à l'ouvrage : ils aboyaient, harcelaient les bêtes pour les remettre dans la bonne direction. De leur côté, les trois véhicules et l'hélicoptère veillaient à ne pas laisser les dernières bêtes leur échapper dans la mêlée.

L'ordre fut enfin rétabli. Les véhicules, sur un seul rang, s'engagèrent derrière les buffles, les suivirent de près jusqu'à l'enclos pour leur couper toute issue. Les trois hommes qui avaient pris les devants manœuvraient les barrières, afin de séparer les animaux à conserver de ceux qui seraient expédiés aux abattoirs. L'opération demanda beaucoup de temps, mais la grande barrière d'entrée put être enfin refermée, et tout le monde respira.

— Combien sont-ils en tout, vous le savez? demanda Gaëlle à Francis, qui manœuvrait la voiture pour rejoindre les autres à l'ombre.

— Soixante, à peu près.

Il interpella le bouvier qui avait été posté à l'entrée de l'enclos.

— Le compte, Jake ?

— Soixante-cinq, patron. Pas mal, hein ?

— Pas mal du tout, dit Francis en souriant, avant de se remettre en route.

— Et maintenant ? questionna la jeune fille.

— En ce qui vous concerne, je ne sais pas. Moi, je vais à l'abreuvoir pour me débarrasser un peu de cette poussière.

— J'en suis, approuva-t-elle avec conviction. Les dames d'abord, naturellement, ajouta-t-elle.

— L'abreuvoir fait dix mètres de long, ma douce. Il y a certainement de la place pour deux.

A dire vrai, elle aurait volontiers partagé l'abreuvoir avec lui, même s'il avait eu seulement un mètre de long. Elle avait l'impression de respirer de la poussière rouge depuis une bonne semaine, et son seul désir, pour le moment, était de s'en débarrasser le plus vite possible !

8

Le déjeuner consistait en steaks de buffle et en légumes, le tout cuit sur un feu de plein air. Alex, qui ne connaissait personne, s'était ostensiblement installé à l'écart, et Gaëlle se sentit obligée d'aller lui tenir compagnie.

— Que pensez-vous de la viande de buffle ? lui demanda-t-elle.

Immédiatement, il fit la grimace dédaigneuse qui lui était habituelle.

— C'est répugnant ! Comme toute l'opération de la matinée.

— Moi, j'ai trouvé ça plutôt intéressant, poursuivit-elle courageusement.

Finalement, il aurait eu ce qu'il méritait si elle l'avait abandonné à sa solitude.

— Quant à la viande... elle n'a pas le goût du bœuf, j'en conviens, mais ce n'est pas vraiment désagréable. Un peu plus fort, c'est tout.

— Mmm...

D'un air dégoûté, il repoussa la viande vers le bord de son assiette pour s'attaquer sans ardeur aux légumes.

— Elle aurait peut-être eu meilleur goût si j'avais pu me laver avant le repas, mais ils ne m'ont pas laissé me servir de l'eau qu'ils avaient apportée, maugréa-t-il.

— L'abreuvoir était assez bon pour tout le monde, lui signala-t-elle d'un ton plus bref.

Même pour Fanny, qui s'efforçait maintenant de capter l'attention de Francis.

Alex prit une expression de hauteur méprisante.

— Je n'avais certainement pas l'intention de me laver dans une eau où ces animaux répugnants avaient bu, je vous assure !

— Personne ne vous le demandait ! fit-elle avec ironie. Si vous aviez pris la peine de regarder, vous auriez découvert que nous nous lavions dans l'eau *avant* son entrée dans les enclos. Pas après.

— Oh ! dit-il, un peu déconfit. Pourquoi personne ne me l'a-t-il dit ?

— Personne n'en a sans doute eu l'occasion, pendant que vous réclamiez à cor et à cri de l'eau potable.

Sans répondre immédiatement, il fit la grimace. Puis il changea de sujet. De ton, aussi.

— Ecoutez, à propos d'hier soir... commença-t-il.

— Je préfère n'en pas parler, si vous voulez bien.

— Oui, bon... Je le regrette, si... si vous avez trouvé que j'allais trop vite en besogne, mais nous avons encore à parler de cette affaire de Thérèse.

— Vous croyez ? Justement, je ne suis pas d'accord. Je vous l'ai dit hier, je crois la bataille perdue d'avance. Par ailleurs, on me l'a fait remarquer ce matin, maman ne nous a demandé notre avis ni à l'un ni à l'autre. Le moment est donc venu de garder nos opinions pour nous et d'accepter sa décision avec la meilleure grâce possible.

— Vous pouvez vous le permettre, vous : elle veillera certainement à ce que vous n'y perdiez rien. Mais moi ?

— Ah oui, vous ! ne put-elle s'empêcher de répliquer avec colère. Jusqu'à présent, il n'a pas été question de vendre l'agence, mais, connaissant maman, j'en suis convaincue : elle tiendra sa parole.

— Si elle obtient l'accord de son mari, bien entendu !

— Laurent l'a déjà précisé : elle est entièrement libre de ses décisions.

— Mais oui, naturellement, il peut s'exprimer ainsi

avant le mariage. Après, ce sera probablement une tout autre histoire, non ?

— Vous pensez ? J'aurais cru les Montgomery assez occupés avec toutes leurs affaires sans se charger de l'agence.

— Vous avez considérablement changé, depuis notre discussion à Adélaïde !

— J'ai peut-être de bonnes raisons pour ça.

— Je les imagine aisément, railla-t-il, les yeux fixés sur Francis.

Une dangereuse étincelle s'alluma dans le regard de Gaëlle.

— Oh, ne faites pas l'imbécile ! Je parlais de ce que j'ai appris sur Laurent.

— Par Thérèse ? demanda-t-il d'un ton sardonique.

— Et grâce à mes propres observations. Il n'est pas du genre à jouer la comédie.

— Et l'héritier ?

— Francis ? Que vient-il faire là-dedans ?

— Hier, pendant le dîner, il m'a eu l'air d'avoir beaucoup à dire sur la gestion du domaine.

— En ce qui concerne Mundamunda, c'est vrai, je crois... et pour les autres affaires de la famille aussi, sans doute. Mais il ne se mêlerait certainement pas des investissements de maman. J'en suis sûre.

— Pas moi. Je le crois très capable de la persuader de vendre par simple désir de vengeance, parce que j'ai eu l'audace de venir sans y être invité.

Elle secoua la tête d'un air incrédule.

— Cette fois, vous devenez parfaitement ridicule ! Par ailleurs, je suis désolée de dégonfler votre vanité mais, sincèrement, je doute fort que Francis attache assez d'importance à votre présence pour se montrer vindicatif.

— Vous voudriez me faire croire ça ?

— Franchement, je m'en moque ! riposta-t-elle en se levant. Non seulement vous vous surestimez mais vous épuisez ma patience avec vos récriminations continuelles.

— Je ne vous ai pas demandé de venir me retrouver !

— Merci de me le rappeler. Je ferai en sorte de ne plus commettre la même erreur.

Sur un sourire acide, elle s'éloigna vivement.

Peu après le repas, les camions arrivèrent. Ils portaient sur leurs portières la mention *Transports Montgomery*. Commencèrent alors les efforts pour y faire monter les buffles récalcitrants. Les hommes travaillaient dans la poussière et la chaleur, sous le soleil de plomb. Ils ne tardèrent pas à se débarrasser de leurs chemises pour laisser la sueur ruisseler sur les dos couleur d'acajou.

C'était aussi un travail dangereux : les animaux n'hésitaient pas à se lancer sur les barres d'acier de la clôture ou à passer les cornes entre deux barres pour essayer d'attraper les imprudents. Plus d'une fois, Gaëlle eut le cœur au bord des lèvres en voyant quelqu'un échapper à quelques centimètres près aux pointes acérées.

Elle avait jugé préférable, pour ne gêner personne, de s'installer à l'ombre, sur le capot d'une Land Rover. Alex, lui, pour bien manifester son manque d'intérêt, s'était adossé à un arbre, le dos tourné à la scène, et s'employait à chasser furieusement les innombrables mouches.

Fanny, de son côté, n'était que trop désireuse de prouver son intérêt : elle voltigeait d'un endroit à un autre, se retrouvait presque inévitablement sur le chemin de quelqu'un. Elle faillit enfin se heurter à Bernard qui lui intima catégoriquement l'ordre de « ficher le camp » ! Elle se tourna vers Francis, pour faire appel à lui, mais il était occupé ailleurs. Elle fut donc bien obligée de s'exécuter, de très mauvaise grâce. Elle rejoignit Gaëlle.

— Un de ces jours, marmonna-t-elle, je prendrai le plus grand plaisir à remettre Bernard Daniels à sa place, pour changer un peu !

Gaëlle essaya de l'apaiser.

— Il se souciait de votre sauvegarde, dit-elle.

— Bah ! Bernard Daniels aime surtout se faire valoir ! Moi, en tout cas, je ne serai pas fâchée de le voir partir pour aller s'occuper de son propre domaine.

— Roselyne et lui vont quitter Mundamunda ?

— Oui, dans un mois ou deux. Ils viennent d'acheter quelque chose du côté du Cap, expliqua négligemment Fanny.

Un petit sourire malicieux se joua sur ses lèvres.

— Après ça, quand Laurent et votre mère seront partis, eux aussi, nous aurons Mundamunda pour nous seuls, Francis et moi. Pas mal, hein ?

— En effet, acquiesça la jeune fille d'un ton contraint.

Elle se demandait pourquoi cette perspective la bouleversait. Mais Fanny lui avait fait une autre révélation troublante, et elle questionna :

— Quand Laurent et maman seront partis, eux aussi ? Que voulez-vous dire ?

— Vous ne savez donc pas ? Peut-être personne n'en a-t-il encore rien dit à Thérèse non plus. Mais Francis s'est confié à moi, déclara-t-elle avec une emphase triomphante. Son père tient beaucoup à s'intéresser de plus près à Baapanannia, quand l'exploitation aura commencé.

— Au point d'abandonner définitivement Mundamunda ?

— Mais oui, naturellement. Si...

Fanny se reprit en toute hâte.

— ... *quand* nous nous marierons, Francis et moi, nous n'aurons évidemment pas envie de partager notre maison avec un autre couple... même si l'homme est son propre père.

Le lapsus était révélateur, et Gaëlle respira plus librement. Fanny n'était pas aussi certaine de son fait qu'elle ne voulait le paraître. La jeune fille prit un air innocent pour répondre :

— Non, bien sûr. Simplement, j'ignorais que vos relations avec Francis étaient arrivées à ce point. Je vais devoir lui offrir mes félicitations, je vois.

— Surtout pas ! lui interdit Fanny, rouge jusqu'à la racine des cheveux. Vous n'avez rien à voir là-dedans. D'ailleurs, c'est un secret. Francis ne veut encore rien dire pour... pour ne pas détourner l'attention du mariage de Thérèse et Laurent, conclut-elle précipitamment.

— Oh, je comprends, fit Gaëlle en réprimant un sourire.

A en juger par la brusque volte-face de Fanny, elle était encore loin d'avoir capturé l'amour de Francis.

— C'est très généreux de votre part, je dois le dire, de vous être confiée à moi, ajouta-t-elle.

— Mais ça doit rester confidentiel. Je ne tiens pas à voir n'importe qui au courant de mes projets.

Et surtout pas Francis, Gaëlle l'aurait parié. D'un ton mélodramatique, elle promit :

— Ne craignez rien, mes lèvres sont scellées !

Fanny la dévisagea d'un air soupçonneux, ce qui n'avait rien de bien surprenant, avant de reporter son attention sur ce qui se passait dans les enclos. La jeune fille, de son côté, demeurait préoccupée par un aspect particulier de la conversation. Laurent avait-il vraiment l'intention de quitter Mundamunda dans un proche avenir, et, dans ce cas, sa mère était-elle au courant ? Ou s'agissait-il, là encore, d'un produit de l'imagination fertile de Fanny ?

Bientôt, le ronflement du moteur du camion qui ramenait au domaine les veaux choisis déchira l'air. Dans un épais nuage de poussière rouge, il quitta la rampe de chargement. Le second, doublé d'une remorque tout aussi vaste, ne tarda pas à le suivre, chargé du reste du troupeau. Après leur départ, les hommes s'attelèrent au nettoyage et au chargement de l'équipement.

Ils allèrent ensuite se laver. L'hélicoptère et les voitures partirent enfin. Seule restait la Land Rover de Francis. Il fit une rapide inspection du site, appela les chiens et, après s'être mis au volant, les fit monter, au moment précis où Gaëlle s'apprêtait à reprendre sa place.

Sans doute n'étaient-ils pas accoutumés à voyager avec des passagers : ils se faufilèrent aussitôt entre les jambes de la jeune fille, sautèrent sur le piège, par-dessus le dossier et reprirent leur place habituelle. Dans le mouvement, ils avaient fait trébucher Gaëlle, et elle ne put éviter ce dont elle s'était gardé toute la matinée : elle s'affala sur les genoux de Francis.

— Je vous demande pardon, balbutia-t-elle, confuse de se trouver en contact avec une cuisse nue et musclée.

Elle se hâta de se redresser. Les mains de Francis la saisirent aux épaules pour la stabiliser.

— Ce n'est rien. Ce n'était pas votre faute. D'ailleurs...

La bouche sensuelle eut son captivant sourire.

— ... quand une charmante jeune personne se jette sur moi, je ne suis jamais fâché, acheva-t-il.

Incapable de soutenir le regard moqueur des yeux bleus, Gaëlle se concentrait sur la peau bronzée visible dans l'ouverture de la chemise.

— Je ne me suis pas jetée sur vous, protesta-t-elle d'une voix entrecoupée.

— Non : quand il s'agit d'un homme, vous préférez faire deux pas en arrière qu'un seul en avant, n'est-ce pas, ma douce ?

Il était tout près d'elle ; elle sentait sur sa joue la tiédeur de son souffle et elle s'humecta nerveusement les lèvres. Lentement mais sûrement, toute volonté l'abandonnait, et elle ne pouvait en même temps résister à cet abandon et continuer de répliquer à son compagnon.

— Tous les goûts sont dans la nature.

Elle avait voulu faire de sa riposte un défi, mais, elle s'en rendit compte avec désespoir, sa voix tremblait trop pour cela.

— A condition toutefois de ne pas être sciemment contraires à la véritable nature.

Il tourna vers lui le visage de la jeune fille.

Il allait l'embrasser, elle le savait. Elle se débattit de toutes ses forces.

— Non ! protesta-t-elle.

Puis, d'un ton suppliant :

— Je vous en prie !

Mais Francis ne voulut rien entendre. Inexorablement, il s'empara des lèvres tendres et, avec une facilité presque insolente, vint à bout des efforts de Gaëlle.

Un tumulte d'émotions explosa en elle : colère, ressentiment, effroi, appréhension. Mais, par-dessus tout cela, et plus troublant encore, elle prenait conscience de l'accélération de son pouls et d'une sorte de vibration électrique qui sapait en elle toute résistance.

Elle se laissa envelopper par les bras vigoureux, se soumit aux exigences passionnées de Francis. C'était là, pour elle, une expérience nouvelle qui échappait à son contrôle, et elle se sentait à la fois merveilleusement heureuse et terriblement vulnérable.

Il perçut sa capitulation. Sa bouche ardente explora ses yeux, ses oreilles, les points sensibles de sa gorge, revint aux lèvres qui l'attendaient avec impatience. En même temps, les mains masculines caressaient tout le corps de la jeune fille qui tremblait maintenant convulsivement à son contact.

— Mon Dieu ! gémit-il sourdement. Vous êtes la créature la plus splendide que j'aie jamais vue !

Les paupières de Gaëlle frémirent, se soulevèrent sur les yeux d'émeraude assombris par l'émotion. Tout était arrivé trop vite ; elle ne savait que dire. Une seule pensée l'obsédait : la facilité avec laquelle il pouvait vaincre ses défenses. Personne n'y était encore jamais parvenu.

— Oh, je vous en prie, lâchez-moi ! supplia-t-elle enfin, en essayant de s'écarter de lui.

— Ce serait peut-être préférable, acquiesça-t-il d'une voix mal assurée.

Avec un sourire de biais, il repoussa doucement les cheveux en désordre de la jeune fille.

— Si je ne me trompe, une voiture se dirige vers nous.

Gaëlle entendait maintenant, elle aussi, un ronflement de moteur. Affolée, elle se hâta de remettre de l'ordre dans sa tenue. Mais ses mains tremblaient sur les boutons de son chemisier, et ce fut en fin de compte Francis qui les assujettit. Elle n'eut pas le temps d'en faire davantage : le véhicule arrivait, avec Fanny et Norman à son bord.

— Il ne s'est pas montré très enthousiaste, fit la blonde avec une grimace, en désignant le conducteur. Mais, ne vous voyant pas derrière nous, j'ai tenu à faire demi-tour, pour le cas où il serait arrivé quelque chose.

— Il n'est rien arrivé, répondit Francis, impassible. Nous allions partir.

— Qu'est-ce qui vous a retenus si longtemps ?

— Si longtemps ? Je ne m'en suis pas rendu compte : je n'ai pas vu le temps passer.

Au ton évocateur, Gaëlle ne put s'empêcher de rougir violemment. Fanny s'en aperçut, et ses yeux étincelèrent d'un froid éclat.

— Vraiment ? dit-elle. Cette pauvre Gaëlle n'a pas l'air d'être d'accord avec toi. Elle me paraît plutôt mal à l'aise, ajouta-t-elle avec un rire méchant.

Elle se retourna vers Francis.

— Si tu t'es remis à la plaisanter sans merci sur ses cheveux roux, nous ferions peut-être bien de changer de place pour rentrer.

Sans plus attendre, Gaëlle ramassa son chapeau, tombé sur le plancher de la voiture. A peine Fanny avait-elle fini de parler qu'elle était déjà à terre. Son esprit avait repris le pas sur ses émotions, elle avait les idées plus claires ; elle ne voulait pas que Francis la prenne pour l'une de ses faciles conquêtes. Il était parvenu par deux fois à la surprendre, mais cela ne faisait pas d'elle une partenaire consentante à ses petits jeux. Qu'il se contente donc de Fanny et de toutes ses admiratrices !

— Je n'y vois aucun inconvénient, répondit-elle en

se dirigeant vers l'autre véhicule. Francis et vous devez avoir beaucoup à vous dire, d'ailleurs.

Les deux visages de Fanny et de Norman s'éclairèrent visiblement. Ce qu'en pensait Francis, la jeune fille n'en avait pas la moindre idée. Elle lui tournait délibérément le dos pour n'en rien savoir.

— Votre chemisier est sorti de votre jean, remarqua Fanny, avec un coup d'œil soupçonneux, en la croisant.

Hors de la troublante présence du jeune homme, Gaëlle se retrouvait parfaitement lucide.

— C'est pour avoir moins chaud, répondit-elle calmement.

Et elle s'installa près de Norman.

Le retour à la demeure s'accomplit rapidement. Ce jour-là, ce fut Gaëlle qui, dès son arrivée, se mit à la recherche de sa mère. Elle la trouva sous la tonnelle couverte de bougainvillées couleur de rouille ; Thérèse était penchée sur des papiers.

En voyant sa fille se laisser tomber dans un fauteuil près d'elle, elle prit une expression très réservée, et Gaëlle soupira tristement. Il n'y avait jamais eu entre elles cette espèce d'hostilité.

— Je te dois des excuses, n'est-ce pas ? commença-t-elle lentement. Je me suis conduite comme si tu avais besoin de mon consentement pour te marier et je le regrette. La décision t'appartient à toi seule.

Un instant, les traits de sa mère se détendirent mais reprirent vite leur expression première.

— Que veux-tu dire exactement ? As-tu changé d'opinion ou bien, plus simplement, te garderas-tu désormais de l'exprimer ?

— J'ai changé d'avis, je pense.

La jeune fille eut un sourire mélancolique. Visiblement, Thérèse tenait à entendre cette réponse, et elle n'avait pas le cœur de la décevoir davantage en lui expliquant que les motifs de son opposition n'avaient pas varié.

— Oh, ma chérie, tu ne peux pas savoir à quel point tu me fais plaisir !

Thérèse s'empara de la main de Gaëlle.

— T'entendre nous souhaiter d'être heureux, je n'ai jamais rien voulu de plus !

— Mais j'ai toujours souhaité ton bonheur, dit la jeune fille, avec une certaine ironie. J'ai tenté de l'assurer avec un peu plus de... de prudence, c'est tout.

Toute inquiétude oubliée, Thérèse eut un sourire indulgent.

— Laurent sera content, lui aussi, poursuivit-elle joyeusement. Il te plaît, n'est-ce pas, Gaëlle ?

Cette fois, elle pouvait répondre plus franchement.

— Oui, beaucoup, vraiment. Il semble très bon, très délicat.

— Et Francis et Roselyne ?

Gaëlle soupçonnait sa mère de vouloir jouer au jeu des Familles. Pour lui faire plaisir, elle fit un effort.

— Si je dois acquérir un demi-frère et une demi-sœur, ils feront l'affaire, dit-elle d'un ton léger.

Elle ne les verrait sans doute pas bien souvent ; pourquoi répondre autrement ?

— Je suis si heureuse, soupira Thérèse. Rien, maintenant, ne pourra t'empêcher de passer avec nous toutes tes vacances. Je n'ai pas l'intention de perdre contact avec ma seule vraie fille, tu sais.

Passer toutes ses vacances avec eux... et avec Francis ? La jeune fille n'envisageait pas de perspective plus redoutable !

— Eh bien...

Elle cherchait désespérément un prétexte. La remarque de Fanny lui revint à l'esprit.

— Si j'ai bien compris, vous pourriez partir prochainement, tous les deux... pour Baapanannia. C'est exact ?

— Nous en avons parlé, Laurent et moi, c'est vrai.

Sa mère fronçait légèrement les sourcils.

— Mais, même si nous donnons suite à ce projet, je vois mal quelle différence ça pourrait faire pour toi.

Toute la différence du monde ! Francis resterait alors à Mundamunda.

— C'est vrai, concéda-t-elle. Je pensais seulement…
Elle se garda d'achever, reprit :
— Roselyne et Bernard ne vont pas tarder à partir, eux aussi ?
— En effet. Francis restera bientôt seul à Mundamunda, semble-t-il, répondit Thérèse en riant.
Sans trop savoir pourquoi, Gaëlle ne put s'empêcher de demander :
— Et il épousera Fanny, je suppose ?
— Bonté divine, pourquoi supposes-tu une chose pareille ?
La stupéfaction de sa mère eut sur la jeune fille un effet étrangement apaisant.
— Elle est toujours avec lui, et…
— Et il faudra quelqu'un de plus intéressant que Fanny pour entraîner Francis à l'autel, tu peux m'en croire !
— Mmm… il ressemble beaucoup à mon père, non ?
— Seigneur, absolument pas !
Thérèse éclata de rire à une telle comparaison.
— Tu pourrais chercher longtemps sans trouver quelqu'un qui lui ressemble moins ! ajouta-t-elle.
— Mais… mais tu viens de le dire toi-même : Fanny n'a pas assez à lui offrir. Et mon père était toujours prêt à saisir ce qui lui paraissait une meilleure occasion, non ? questionna Gaëlle, intriguée.
— En ce qui concerne Fanny, je voulais dire qu'il lui faudrait plus de… personnalité.
— Oh… En tout cas, il éprouve le même plaisir que mon père à voir les femmes se rendre ridicules pour lui, insista-t-elle avec obstination.
— Vraiment ?
Sa mère arquait railleusement les sourcils.
— Et d'où te vient, si je peux me permettre de poser la question, une telle connaissance de ses goûts en ce qui concerne les femmes ?
La jeune fille s'empressa de l'éclairer.
— Il n'en fait pas mystère ! s'exclama-t-elle d'un ton méprisant. A ton avis, il n'épousera pas Fanny, tu viens

de le dire. Pourtant, je ne l'ai jamais vu précisément la repousser, quand elle s'accroche à lui avec une écœurante régularité ! Et il ne faisait pas non plus le moindre effort pour se soustraire à l'adulation de la fille avec laquelle je l'ai vu, à l'aéroport de Darwin !

Elle reprit longuement son souffle pour conclure :

— En fait, il les encourage !

L'amusement fit frémir les lèvres de Thérèse.

— Mais naturellement, ma chérie, les femmes se jettent à sa tête : il est très séduisant. Néanmoins, on ne peut guère lui en vouloir pour ça. En réalité, ce n'est de sa part que de la politesse.

Etait-ce vrai ? Ce qui s'était passé dans l'après-midi n'était certainement pas né d'un simple effort de politesse. Non, la raison était bien autre : comme tous les hommes séduisants, il ne supportait pas de voir une femme résister à son charme !

— De la politesse ? De la vanité, plutôt ! lança-t-elle.

— Oh, Gaëlle ! murmura sa mère d'un ton déçu. Tu ne vas tout de même pas reporter sur Francis tes préventions contre ton père ?

Gaëlle en avait trop dit. Elle fit taire ses sentiments.

— Pardon, je me suis laissé entraîner… Si nous parlions d'autre chose ?

Thérèse accepta avec empressement.

— Si tu veux, suggéra-t-elle, nous pourrions te chercher des distractions pour ton séjour.

— Oui… j'avais justement l'intention d'aborder cette question avec toi.

Mal à l'aise, elle ébaucha un sourire, se passa la main dans les cheveux.

— Ma visite avait ostensiblement pour but de m'assurer que tu ne te faisais pas… berner. La question est maintenant réglée, et j'aimerais repartir demain avec Alex, si tu n'y vois pas d'inconvénient.

— Tu veux repartir avec Alex ! répéta Thérèse, incrédule.

— Pas exactement *avec* lui : en même temps que lui, plutôt, précisa la jeune fille.

— Mais pourquoi ? Tout est désormais clair entre nous, et nous pourrions prévoir des sorties ensemble.

— J'aimerais bien, c'est sûr, mais...

— Tu préfères retrouver la ville ?

Gaëlle saisit promptement le prétexte proposé.

— Je n'ai jamais été très attirée par l'Intérieur, tu le sais bien ! dit-elle en riant.

— Pourtant, les activités d'hier et d'aujourd'hui t'ont plu, non ?

Comment aurait-elle pris plaisir à voir sa vie bien ordonnée bouleversée par un homme qu'elle connaissait à peine ? C'était précisément la raison qui la poussait à partir.

— J'ai certainement beaucoup appris, dit-elle seulement.

Thérèse se pencha vers elle pour tenter de la convaincre.

— J'espérais que tu resterais au moins jusqu'à mon propre départ, dans une quinzaine de jours. Nous serions rentrées ensemble.

Et elle aurait passé deux autres semaines à se demander si tout sang-froid allait de nouveau l'abandonner devant la toute-puissante virilité de Francis ?

Pour ne pas froisser sa mère, elle lui sourit.

— Non, je n'y tiens pas. Je n'avais pas l'intention de passer ici plus de huit jours, de toute manière, et... Eh bien, tu le sais, nous manquons actuellement de personnel, à l'agence. Je dois rentrer. Après tout, je devrai encore prendre quelques jours pour le mariage. Il sera célébré ici, je suppose ?

— En fait, nous avons pensé le faire à Darwin.

Thérèse posa sur sa fille un regard pénétrant.

— Si tu repars avec Alex demain après-midi, tu devras passer la nuit en ville : il n'y a pas de vol vers le sud avant le matin, de bonne heure. Tu le sais, n'est-ce pas ?

Les horaires étaient bien le dernier des soucis de Gaëlle.

— Tant pis, fit-elle avec un haussement d'épaules.

Même une soirée passée en compagnie d'Alex serait préférable à la catastrophe dont elle avait fait l'expérience ce jour-là.

— Si tu es vraiment décidée à partir...

Thérèse eut un soupir résigné.

— Quand je verrai Francis, je l'informerai qu'il aura une passagère.

— Merci, dit la jeune fille.

Elle n'avait pas envisagé de gaieté de cœur d'informer Francis de son départ avec Alex, après l'insistance avec laquelle il s'y était opposé.

Néanmoins, elle s'attendait à une vive réaction du jeune homme, lorsqu'ils se retrouvèrent dans le salon, ce même soir, pour prendre le café. C'était le moment choisi par Thérèse pour annoncer le retour de sa fille à Adélaïde. Francis, cependant, n'exprima aucune opposition, et elle ne sut si elle était soulagée ou désolée devant ce manque d'intérêt.

— Mais vous venez d'arriver ! s'écria Roselyne.

Tous, sauf Francis, manifestaient leur surprise.

— Oui, c'est vrai, dit Gaëlle avec un sourire d'excuse. Pourtant je sais déjà que maman et Laurent sont faits l'un pour l'autre...

Curieux : plus elle répétait cette phrase et plus elle avait l'impression de dire vrai...

— ... et, poursuivit-elle, l'agence manque actuellement de personnel. Il est préférable que je rentre le plus tôt possible.

— De plus, Gaëlle n'est pas, comme nous tous, une fanatique de la vie à la campagne, intervint Fanny.

Elle était toute prête à aider la jeune fille à partir au plus vite.

— De toute façon, la décision lui appartient, déclara Laurent avec une bienveillance protectrice. Elle sera bien accueillie à Mundamunda, toutes les fois qu'elle voudra y revenir.

Il répondit au sourire reconnaissant de sa future belle-fille avant de se tourner vers Francis.

— Tu conduiras Gaëlle et Alex en avion jusqu'à Darwin, je suppose ?

Francis secoua la tête.

— Non, je ne pourrai pas, répondit-il avec une froide indifférence. J'ai promis d'aller à Oroya Park.

C'était un domaine voisin.

Perplexe, Gaëlle fronça les sourcils. C'était bizarre, se disait-elle. Il avait eu l'intention d'emmener Alex à Darwin, elle en était sûre. Essayait-il ainsi de l'empêcher, elle, de partir ?

— Mais je prendrai l'hélico, reprit-il. Bernard aura l'avion pour les emmener. Il ne verra aucun inconvénient à me remplacer, j'en suis convaincu.

Il sourit nonchalamment, pour la première fois de la soirée, mais c'était à son beau-frère.

— Non, c'est vrai, acquiesça aussitôt Bernard. Une bonne petite promenade facile, comme celle-là...

— Et moi, je t'accompagnerai, coupa Fanny, pressée de revendiquer sa place près de Francis. Je n'ai pas vu Mary Abercrombie depuis des siècles. Tu veux bien de moi, n'est-ce pas ? ajouta-t-elle en lui souriant avec coquetterie.

— Accompagne-moi si tu veux, mon petit, fit-il avec une bonne humeur indulgente.

Gaëlle le gratifia d'un regard méprisant. Elle tenait à ignorer la souffrance qui lui poignait le cœur. Elle sentit sa gorge se serrer au souvenir de la façon dont, comme une collégienne, elle avait succombé à ses caresses. Un instant, elle ferma les yeux de désespoir.

Quand elle les rouvrit, ils brillaient d'une détermination toute nouvelle. Elle avait au moins une consolation : il n'aurait plus l'occasion de la tourner ainsi en ridicule !

9

Dès son retour à Adélaïde, Gaëlle consacra au travail chaque minute de son temps, pour empêcher son esprit de revenir sur des souvenirs qu'elle voulait oublier. Malheureusement, la voix un peu traînante de Francis s'attardait obstinément dans son oreille, sa haute silhouette se refusait à quitter sa mémoire.

Presque chaque soir, elle reculait jusqu'après minuit l'heure de son coucher : elle savait trop bien que le sommeil la fuirait durant des heures ; quand il viendrait enfin, il serait peuplé de rêves de lèvres chaudes et exigeantes, de mains caressantes, et elle s'éveillerait trempée de sueur, en proie à un désir jusque-là inconnu.

Francis n'en valait pas la peine, se répétait-elle. Pourtant elle avait beau faire, son esprit persistait à la détromper. Il lui arrivait de se demander si, inconsciemment, elle ne lui avait pas laissé prendre trop de place dans son cœur mais elle se refusait catégoriquement à accepter une idée aussi improbable. Ne se méfiait-elle pas de toutes les ruses masculines ? Comment, elle, aurait-elle pu succomber à l'un des plus habiles dc sa connaissance ? Non, ce n'était pas possible, protestait-elle de toutes ses forces. Elle ne pouvait être amoureuse de Francis Montgomery... Elle ne le pouvait pas !

Quand arriva la deuxième semaine après leur retour, Alex prit l'initiative de lui dire qu'elle voulait trop en faire ; la veille du jour où Thérèse devait revenir, il insista pour que Gaëlle partît plus tôt : elle pourrait ainsi, prétexta-t-il, mettre l'appartement en ordre. Mais la jeune fille avait déjà eu recours aux travaux ménagers pour occuper son temps, et l'appartement était dans un état parfait.

Quand elle se retrouva sur le trottoir, après avoir été impitoyablement mise à la porte par Alex, elle préféra aller faire des courses, au lieu de regagner un logis désert. Cela, se dit-elle, lui changerait les idées. Mais ce fut le contraire : elle venait de pénétrer dans le supermarché lorsqu'elle se trouva devant un rayon de fruits et de produits du nord qui lui rappela aussitôt tout ce qu'elle s'efforçait d'oublier. Les larmes aux yeux, elle fit volte-face et regagna tout droit le parc de stationnement sans avoir rien acheté.

Une demi-heure plus tard, elle arrivait devant l'immeuble. Après avoir mis la voiture au garage, elle passa une main furieuse sur ses cils encore humides.

La boîte aux lettres était vide. Elle monta rapidement l'escalier, mais, quand elle ouvrit la porte de l'appartement, une bouffée d'air tiède l'accueillit, et elle fronça les sourcils.

L'incrédulité se peignit sur son visage dès son entrée : Francis était calmement assis devant le feu. Vêtu d'un pantalon bleu marine et d'un gros pull-over bleu ciel à col roulé qui contrastait d'une manière frappante avec son teint cuivré, il dégageait une si flagrante vitalité que la jeune fille redressa aussitôt le menton et sentit lui revenir toute l'ancienne agressivité.

— Que faites-vous ici et comment êtes-vous entré ? questionna-t-elle... Maman est-elle avec vous ?... Lui serait-il arrivé quelque chose ?

— Bonjour, ma douce, fit-il ironiquement, comme pour lui reprocher un manque de courtoisie.

Lentement, il quitta son fauteuil.

— La réponse à vos deux dernières questions est « non ». Quant à la première, j'ai ouvert la porte avec une clé.

Il tira celle-ci de sa poche, l'agita sous le nez de la jeune fille.

— C'est Thérèse qui me l'a donnée.

— Très généreux de sa part, lança Gaëlle.

Elle aurait volontiers dit deux mots à sa mère. Elle déboutonna son manteau, le jeta avec son sac sur un canapé.

— Vous ne m'avez toujours pas dit *pourquoi* vous étiez ici.

— Je vais y arriver... quand je le jugerai bon, répondit-il de cette voix nonchalante qu'elle croyait entendre depuis quinze jours.

— Comme il vous plaira.

Elle se dirigea vers la cuisine. En passant devant lui, elle jeta un regard significatif à la tasse posée sur la table basse.

— Vous avez fait comme chez vous, je vois. Vous ne m'en voudrez pas, j'espère, si je me sers un peu de café.

— Je vous en prie, fit-il, avec une courbette exagérée.

Haletante de rage, la jeune fille brancha la cafetière électrique. Même si Thérèse lui avait confié une clé, comment osait-il se comporter ainsi ? Elle sortit d'un placard une tasse et une soucoupe, les posa bruyamment sur le comptoir. La colère faisait trembler sa main : quand elle versa le liquide brûlant, elle en répandit un peu.

Francis l'avait suivie et s'appuyait négligemment au chambranle.

— Qu'y a-t-il pour dîner ? demanda-t-il.

Avant de lui répondre, elle ajouta du sucre et du lait à son café. Il lui fallait ce répit pour maîtriser sa rage !

— En ce qui vous concerne, je n'en sais rien. Moi, je me contenterai de quelques biscuits.

Elle s'approcha de lui, la tasse en main, et le regarda d'un air moqueur.

— Voulez-vous me tenir compagnie ?

Les yeux de Francis la parcoururent tout entière, sans rien oublier.

— Est-ce ce qui vous rend si pâle, si défaite ? Vous ne vous nourrissez pas convenablement ?

S'il savait ! Mais elle n'avait pas l'intention de lui fournir de raisons. Elle se contenta de répliquer sardoniquement :

— Merci pour le compliment !

Et elle voulut franchir le seuil. Mais il se refusait à lui livrer passage. Elle leva vers lui des yeux orageux.

— Allez-vous me laisser passer, oui ou non ?

— C'est si poliment demandé que... non !

— Allez donc vous faire pendre ! cria-t-elle en revenant vers le comptoir.

— Allez vous faire pendre, vous aussi, espèce de petite virago exaspérante ! Je commence à en avoir assez de vous !

Il marchait maintenant sur elle.

— Vous en avez assez de moi ! répéta-t-elle d'un ton incrédule.

Toutefois, à la vue de son visage menaçant, elle abandonna prudemment sa tasse et alla se réfugier derrière la table de la cuisine.

— C'est vraiment dommage ! Si ça ne vous plaît pas, vous pouvez toujours partir, vous savez : la porte est par là.

Il se contentait d'observer moqueusement sa retraite.

— Vous continuez à fuir, hein ?

— Qu'est-ce que ça peut vous faire ?

Mais elle surveillait chacun de ses mouvements.

— Ça ne paraissait pas vous tracasser beaucoup quand vous aviez Fanny toute prête à vous suivre au bout du monde !

Elle aurait voulu se mordre la langue : elle avait pratiquement avoué qu'elle avait quitté Mundamunda à cause de lui.

Il était apparemment du même avis : il éclata de rire, ce qui accrut encore la colère de Gaëlle.

— Du moins Fanny n'a-t-elle pas peur de vivre, fit-il.

— Alors, allez donc la pourchasser autour de la table de sa cuisine. Ça lui plaira peut-être... Pas à moi !

— Vous redoutez trop vos réactions au contact d'un homme, c'est ça ?

La remarque la toucha au vif.

— Non ! lui cria-t-elle d'un ton véhément, autant pour s'en convaincre que pour le persuader lui-même. Je veux que vous partiez et me laissiez en paix, c'est tout !

— Afin de pouvoir rester enfermée dans votre cocon, à l'écart du monde réel ?

— Si le monde réel est peuplé de types comme vous, alors, oui, c'est précisément mon désir ! Vous croyez toutes les femmes à votre disposition... eh bien, vous vous trompez ! Alors, pourquoi ne pas aller jouer avec une autre à vos petits jeux cruels ? Je ne vous ai pas invité et je ne veux pas de vous ici !

Elle avait atteint le coin de la table le plus proche de la porte. Elle fit volte-face, franchit le seuil, s'élança vers sa chambre. Du moins y avait-il là une serrure dont il ne possédait pas la clé !

Par malheur, elle claqua brutalement la porte derrière elle, et la clé, qui se trouvait déjà engagée dans la serrure, fut projetée sur le sol. Le temps qu'elle la ramasse, la porte se rouvrit, Francis pénétra à son tour dans la pièce.

— Sortez ! Vous avez du toupet d'entrer dans ma chambre ! explosa-t-elle.

Une fois de plus, elle était contrainte de reculer devant lui. Elle se vit bientôt acculée, demanda, d'un ton mi-autoritaire mi-suppliant :

— Ne me touchez pas, Francis ! Allez-vous-en, laissez-moi tranquille !

— Je ferai comme il me plaira ! répliqua-t-il entre ses dents.

Et, pour preuve, il lui ramena les deux mains derrière le dos, et sa bouche s'abattit sur celle de la jeune fille avec une brutalité qui lui coupa le souffle.

Affolée, elle détourna la tête.

— Non ! Je vous hais ! cria-t-elle, en se débattant vainement.

— Alors, il va falloir transformer votre haine en une autre émotion, proposa-t-il sourdement.

Il en était bien capable, elle le savait. Elle renouvela ses efforts pour se libérer, mais poussa un cri d'effroi quand tous deux basculèrent sur le lit.

— Francis, non ! Je vous en prie…

Sa supplication se perdit sous les lèvres de son adversaire, et, un instant plus tard, elle se sentit perdue. Comme il le lui avait laissé entendre, c'était contre elle qu'elle n'avait cessé de lutter, et non pas contre lui. Ses baisers la privaient de toute volonté.

Dans un soupir qui ressemblait à un gémissement, elle céda à son emprise ; son corps se moula au corps viril ; ses mains, enfin libérées, se glissèrent sous le pull-over pour caresser le dos ferme.

Un frisson parcourut Francis. Il la serra plus étroitement encore contre lui. Sa voix grave, vibrante, murmurait des mots indistincts tout contre la peau enfiévrée de la jeune fille. Ses doigts la caressaient tout entière, comme pour graver dans sa mémoire la forme de son corps.

Quand il releva enfin la tête, ce fut pour examiner le visage empourpré de Gaëlle d'un regard encore brûlant de désir.

— Tu es faite pour l'amour, ma douce, pas pour la haine, souffla-t-il.

Elle détourna vivement la tête. Pour la seconde fois de l'après-midi, des larmes lui montaient aux yeux. Une main vigoureuse lui saisit le menton.

— Vous pleurez ? demanda-t-il doucement.

Ce fut cette douceur même qui causa la perte de la jeune fille. Elle dut se mordre les lèvres pour les empêcher de trembler.

— Pourquoi ne pas m'avoir laissée en paix, comme je vous le demandais ? gémit-elle d'une voix étouffée. Aviez-vous vraiment besoin de prouver que j'étais pareille à toutes vos conquêtes faciles ?

— Mon Dieu, c'est là ce que vous pensez ?

Francis secoua la tête, avant de se pencher sur elle pour demander :

— Gaëlle, vous ne savez donc pas pourquoi je suis venue à Adélaïde aujourd'hui ?

— Vous aviez sans doute une affaire à régler, murmura-t-elle.

Un sourire ironique se dessina sur les lèvres de Francis.

— C'est plus ou moins vrai, je suppose. Une affaire personnelle... avec une petite rouquine exaspérante et captivante qui se refuse à rester assez longtemps pour me permettre de lui dire à quel point je la désire, à quel point je l'aime ! acheva-t-il d'une voix rauque.

Ce fut, cette fois, l'incompréhension qui amena Gaëlle à se mordre les lèvres.

— Vous m'aimez, moi ?

— Je vous aime, vous.

— Comme Fanny et... et toutes les autres ?

Dans un gémissement, il la reprit tout contre lui.

— Oh, ma douce, il n'y en a pas d'autres... toi seule ! Je t'aime, *toi*. Je veux t'épouser, *toi*. Je veux faire de *toi* la mère de mes enfants !

Il lui renversa la tête en arrière, lui effleura la bouche de ses lèvres.

— Que puis-je dire d'autre pour te convaincre ?

Le regard angoissé de la jeune fille s'accrochait au sien.

— Je voudrais vous croire mais je... je ne peux pas ! Mon père...

— Ton père, si tu veux bien me pardonner de m'exprimer ainsi, était un irresponsable et un véritable salaud. J'aimerais assez le tenir à ma merci pendant cinq minutes pour lui faire payer les idées déformées que son abandon a values à sa fille ! gronda-t-il farouchement.

Mais il se reprit, sourit à Gaëlle.

— Me voilà débarrassé de ce que j'avais sur le cœur. Maintenant, dis-moi une chose, ma douce...

— Laquelle ?

— Pourquoi refusais-tu absolument de croire que je t'aimais, bien que tu en aies envie ?

— Je...

Incapable de supporter son regard, elle baissa les yeux. Elle-même avait encore peine à se faire cet aveu.

— Vous le savez, chuchota-t-elle timidement.

— Crois-tu ?

— D'ailleurs, ajouta-t-elle, trois jours, ce n'est pas suffisant pour...

Un doigt posé sur ses lèvres l'empêcha de continuer.

— J'ai assez entendu ce raisonnement à propos de Thérèse et de mon père, fit-il.

Le doigt qui l'avait réduite au silence caressait maintenant la ligne de sa joue.

— Ton futur mari a bien le droit de connaître tes sentiments à son égard, tu ne crois pas ?

A ces mots, elle leva vivement les yeux.

— Je n'ai pas encore dit que je vous épouserais, protesta-t-elle.

— Il le faudra bien. Sinon, comment pourrais-tu porter mes enfants ?

Gaëlle avait tout à la fois envie de rire et de pleurer. Elle céda un peu aux deux, mais ce fut le rire qui, finalement, la délivra de toute contrainte.

— Oh, Francis, je t'aime ! Je t'aime vraiment, se trouva-t-elle enfin capable de lui avouer, les bras noués autour de son cou. Mais je...

— Je sais, ma douce, je sais.

Il lui caressait tendrement les cheveux.

— Tu t'es toujours violemment opposée à faire une telle déclaration à un homme.

— Je ne voulais donner à personne l'occasion de m'abandonner comme mon père avait abandonné ma mère, reconnut-elle d'un air pensif.

Il resserra ses bras autour d'elle.

— Et maintenant, personne ne t'abandonnera jamais ! Car tu vas m'épouser, n'est-ce pas, Gaëlle ?

Songer au mariage, elle ? Cela paraissait incroyable. Pourtant, le vigoureux hochement de tête qui répondit à la question était bien réel, tout comme la lueur taquine qui naquit dans les yeux couleur d'émeraude quand elle répéta :

— Sinon, comment pourrais-je avoir tes enfants ?

Les lèvres de Francis reprirent les siennes, et ce fut avec la plus grande difficulté qu'il parvint enfin à se détacher d'elle.

— Bon sang ! Je te désire trop, mon amour, et ces deux semaines passées sans toi n'ont rien arrangé.

Il émit un petit rire.

— Depuis ton départ, je n'ai pas réussi à te faire sortir de mon esprit. Je me suis montré si désagréable avec un tas de gens que tout le monde, je crois, a été bien content de me voir partir, hier !

— Moi aussi, je ne pensais qu'à toi. J'ai essayé de m'en empêcher mais je n'ai pas pu, lui révéla-t-elle, non sans un peu de gêne. Mais, si je me rappelle bien, reprit-elle avec une moue, tu n'avais pas eu l'air tellement désolé de me voir partir. En fait, tu as préféré emmener Fanny à Oroya Park au lieu de nous reconduire à Darwin, Alex et moi.

— J'étais fou de rage contre toi, parce que tu tenais à partir, et plus encore contre moi, parce que je ne voulais pas que tu t'en ailles. Crois-moi, je n'avais pas eu l'intention de m'amouracher d'une petite sorcière rousse dont le seul désir était de séparer sa mère de mon père. Mais je n'y pouvais rien, je n'ai pas tardé à m'en rendre compte, et je n'ai pas pu supporter ton absence plus de deux semaines.

— Tu ne le regrettes pas, dis ?

— Je serais incapable d'envisager autre chose, dit-il avec une tendresse dont elle ne pouvait douter. Et toi ?

— Moi aussi ! soupira-t-elle avec conviction.

Elle se mit à rire.

— Je ne m'en étais encore jamais rendu compte, mais je dois être aussi impétueuse que maman, finalement : je n'avais certainement pas l'intention de tomber amoureuse... et encore moins en l'espace de trois jours.

Elle plissa les paupières dans une grimace d'indignation feinte.

— Et surtout pas avec un homme qui s'était montré si brutal avec moi dès notre première rencontre, au point de me donner envie de le gifler !

— Je te comprends fort bien, riposta-t-il. Il y a eu des moments où j'ai eu bien du mal à ne pas lever la main sur toi, ma douce. Mais je visais une partie toute différente de ton anatomie.

— Tu as plus ou moins réussi, le jour où tu m'as laissée tomber par terre, dans la vallée. Je voudrais bien savoir maintenant quand ce sera à moi de te punir...

— C'est déjà fait.

— Quand ça ?

— Quand je suis venu t'accueillir à l'aéroport. Ce jour-là, Thérèse m'avait donné pour seules instructions de chercher la plus jolie fille : ce serait toi. J'ai naturellement pensé aussitôt : « Ça, c'est bien l'indulgence d'une mère ! »

— Et... ? insista Gaëlle, curieuse et amusée en même temps.

La bouche ferme et sensuelle prit un pli ironique.

— Elle avait raison ! J'ai franchi le seuil, j'ai jeté un regard sur toi et j'ai eu l'impression d'être passé sous un marteau-pilon.

Il reprit son souffle, l'exhala lentement.

— Je ne m'attendais certainement pas à toi, mon amour, ni à l'effet que tu produisais sur moi !

— Sur quoi, tu t'es empressé de me faire attendre, pour bavarder avec ces hommes... et cette ravissante blonde !

— J'avais besoin d'un certain temps pour me remettre du choc : la soupçonneuse fille de Thérèse, qui savait si bien formuler des accusations odieuses, ne m'agaçait pas seulement : elle m'intéressait aussi ! Quant à la jeune fille séduisante, s'empressa-t-il de continuer, un sourire rassurant dans ses yeux bleus, c'est l'une de mes nombreuses cousines, rien d'autre.

— Son regard n'était pas celui d'une cousine.

— Pour le moment, malheureusement, elle en est au stade où elle s'amourache de tout ce qui porte un pantalon !

Gaëlle se pelotonna dans les bras de Francis.

— Elle a bon goût, je dois dire.

Une telle remarque demandait récompense : ce fut naturellement un baiser, donné et reçu avec la même ardeur.

— Alors, que penses-tu maintenant du mariage de Thérèse et de mon père, après si peu de temps ? demanda-t-il un peu plus tard.

Que pouvait-elle répondre ? L'amour entre elle et Francis était né en moins de temps encore.

— Je me demande pourquoi ils ont attendu autant, dit-elle avec un tendre sourire.

LE CAPRICORNE

(21 décembre-19 janvier)

Signe de Terre dominé par Saturne : Vertu.

Pierre : Onyx.
Métal : Plomb.
Mot clé : Temps.
Caractéristique : Acharnement.

Qualités : Sagesse, sérieux, ambition. Aime à découvrir, voit loin...

Il lui dira : « J'attendrai car je vous aime. »

CAPRICORNE

(21 décembre - 19 janvier)

La femme du Capricorne entretient avec sa mère des relations passionnelles pour le moins étranges : soit elles s'adorent, soit elles se haïssent. Mais elles sont en tout cas indispensables l'une à l'autre même si cela ne se passe pas toujours sans heurts.

La force du rapport qui les lie représente un vrai transfert affectif.

Gaëlle perçoit profondément les émotions et les souffrances de celle qui l'a mise au monde.

Faites plaisir à vos amies...

Votre fidélité aux livres de la Collection Harlequin me prouve combien vous les aimez.

Je suis d'ailleurs persuadée que vous en parlez à vos amies ! Eh bien, voici une occasion exceptionnelle de leur faire plaisir : donnez-nous leur nom et leur adresse, et nous leur enverrons gratuitement et, bien entendu, sans aucun engagement, une documentation complète sur la Collection Harlequin. Ainsi elles connaîtront mieux ces romans merveilleux et deviendront peut-être à leur tour des lectrices fidèles et passionnées.

Et, pour vous remercier de votre gentille collaboration, nous allons nous aussi vous faire un cadeau : vous recevrez un superbe livre SÉRIE D'OR hors série et hors commerce. Ecrivez-moi vite !

J. LUCINE

Commencez par nous rappeler
en page suivante
votre nom
et votre adresse.

Votre nom, votre adresse :

ÉCRIRE EN MAJUSCULES, MERCI

RHJA

☐ Mlle ☐ Mme Nom

Prénom

N° Rue

Commune

Code postal : Bureau distributeur :

Indiquez-nous ci-dessous le nom de vos amies à qui nous enverrons une documentation sur la Collection Harlequin

Nom **RHSA**

Prénom

Adresse

Nom **RHSA**

Prénom

Adresse

Nom **RHSA**

Prénom

Adresse

Nom **RHSA**

Prénom

Adresse

ATTENTION : Ecrivez très lisiblement en MAJUSCULES car nous nous servirons de ces étiquettes pour envoyer les documentations. Merci d'avance.

A renvoyer à EDIMAIL S.A. Service Documentation N.A.
75785 PARIS CEDEX 16

Achevé d'imprimer en mars 1983
sur les presses de l'Imprimerie Bussière
à Saint-Amand (Cher)

— N° d'imprimeur : 2644. —
— N° d'éditeur : CH 395. —
Dépôt légal : avril 1983.

Imprimé en France